저,
능력은
평균치로
말했잖아요!
해달라고

13

God bless me?

레나

성격 강한 소녀 헌터.
공격마법이 특기.

마일

이세계에서 '평균적'인
능력을 부여받은 소녀.

메비스

검사. 헌터 파티
'붉은 맹세'의 리더.

폴린

헌터. 치유마법 구사자.
상냥한 소녀지만……

【브란델 왕국】

원더 쓰리

마르셀라

귀족의 딸. 아델의 친구.
아델을 찾아 여행을 떠났다.

모레나

브란델 왕국의 왕녀.
아델에게 흥미가 있다.

모니카

상인의 딸.
마르셀라와는 어릴 때부터 친구.

올리아나

장학생이었던 소녀.
마르셀라에게 은혜를 입었다.

브란델 왕국

바노라크 왕국

카라미테이 ○

아스컴령

왕도 ◎

티루스 왕국
'붉은 맹세' 등록국

왕도 ◎

아스컴으로
돌아가는 반환점 ●

여인숙 사건이
일어난 마을

침공군

왕도
샤레이라즈 ◎

마일이
헌터 등록한 마을 ○

제도 ◎

산악지대 ○

아르반 제국

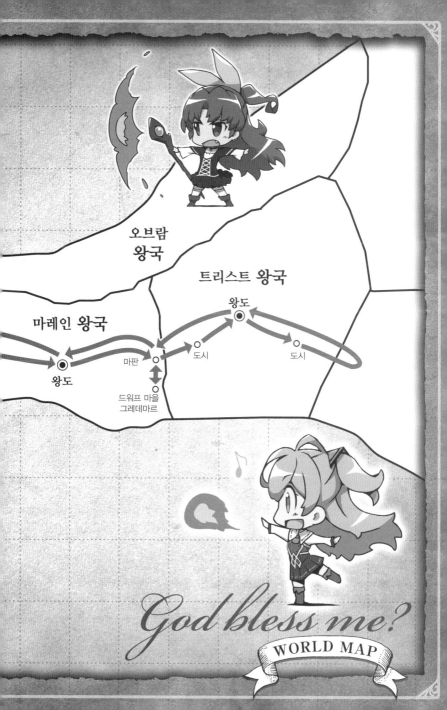

지난 줄거리

아스컴 자작가의 장녀 아델 폰 아스컴은 열 살이 되던 어느 날, 강렬한 두통과 함께 모든 것을 기억해냈다.

자신이 예전에 열여덟 살의 일본인 쿠리하라 미사토였다는 것과 어린 소녀를 구하려다가 대신 목숨을 잃었다는 것, 그리고 신을 만났다는 사실을…….

너무 잘나서 주변의 기대가 커, 자기 생각대로 살 수 없었던 미사토는 소원을 묻는 신에게 이런 부탁을 했다.

"다음 인생에서 능력은 평균치로 부탁드립니다!"

그런데 뭐야, 어쩐지 이야기가 좀 다르잖아!

나노머신과 대화를 나눌 수 있고, 인간과 고룡의 평균이어서 마력이 마법사의 6,800배?!

처음 다닌 학원에서 소녀와 왕녀님을 구하기도 하고.

마일이라는 이름으로 입학한 헌터 양성 학교에서 동급생들과 결성한 소녀 사인조 파티 '붉은 맹세'로 대활약!

신인 파티의 등용문인 '수행 여행' 중에 다른 나라 공주를 구하고, 살아 있는 '선사 문명' 유적을 맞닥뜨리는데…….

여행을 마치고 티루스 왕국으로 돌아온 '붉은 맹세'는 이번에는 정찰 임무를 맡아 적대하는 아르반 제국에 잠입한다.

제국에서도 장사로 일을 저질러버리고, 게다가 이번에는 고룡 최강전사들과 싸우게 되는데?!

God bless me?

CONTENTS

제92장 인룡 대전

rrrrrr**그아아아아아~~!!**ⅢⅢ

직격이었다.

고룡에게 공격이 통하는 생물이란 없다.

그래서 고룡들은 필사적으로 몸을 단련하거나 기술을 익힐 필요가 없었다.

……굳이 그런 걸 하지 않아도 고룡과 대등하게 싸울 수 있는 존재가 없었으니까.

그래서 아무리 고룡 전사라 할지라도 반드시 전투를 잘한다고 말하기는 힘들었다.

그들이 하는 전투는 주로 동료들 간의 시합, 즉 '대고룡전'이었다. 그것도 진지하게 서로의 목숨을 거는 사투가 아닌 작법을 지키는 신사적인 결투로, 이른바 스포츠 경기 또는 게임 같은 느낌이었다.

그렇다, 말하자면 사람들이 흔히 말하는 '대련 실력은 뛰어나지만 그건 「도장 검술」 시합일 때뿐. 마물을 상대한 경험은 없어서 실전은 젬병' 같은 느낌이랄까…….

그렇기에 실드(장벽 마법)을 써도 자기 앞에 평평하거나 혹은 약간 활처럼 휜 방패 모양으로 치는 것이 고작이었다. 마일이 쓰는 사방을 감싼 배리어와는 크게 달랐다.

그래서 어떻게 됐는가 하면…….

고룡들의 코앞에서 출력을 확 높여 마치 대함 미사일처럼 실드(장벽 마법)를 넘어 정수리 위에서 목표물에 꽂힌, 레나의 '화염 직격탄'. 별칭 '왓츠 헤픈(도대체 무슨 일이 일어난 거야?)'.

장벽 따위 상관없이, 붉은 안개가 소용돌이치며 여섯 마리의 고룡을 휘감은 폴린의 '붉은 지옥'.

장벽 아래의 빈틈을 파고들어 고룡의 다리를 베어버린 메비스의 검.

……그리고 장벽을 간단히 뚫고 고룡의 몸에 명중한 마일의 페이저 빔(위상광선).

장벽 때문에 위력이 상당히 약해져 고룡의 몸을 관통하지는 못했지만, 마력 코팅과 비늘을 찢고 타격을 주었다.

『꾸웨에엑!』

『아, 아얏, 따갓, 뜨것, 히이익!』

『다, 다리, 다리가아아아!』

꽤 심한 공격이었으나, 지난번 케라곤이 왔을 때와 같은 혼란은 없었다.

공격받기는 했어도 원래 고룡은 몸에 마력으로 된 일종의 보호막이 있기도 하고, 비늘도 마력을 띠고 있어 강도가 상당히 높았다.

게다가 상처가 날 일이 거의 없어 고통에 민감하던 케라곤 무리와는 달리, 이 여섯 마리는 어느 정도 경험이 있는 듯했다. 진짜 정예들만 모인 것일까…….

그래서 상당히 놀라긴 했지만, 곧 치유마법으로 상처를 고치고

바람마법과 물마법으로 불씨와 캡사이신 성분 등의 이물질을 제
거하며 어떻게든 회복했다.

『마, 말이 다르잖아!』

전사부대 중 한 마리가 케라곤과 베레데테스를 향해 그렇게 소
리를 질렀다.

『뭐라는 거야! 우리는 자세히 설명해줬는데! 그걸 믿지 않고 웃어
넘긴 건 너희가 아니냐!』

『맞아! 우리가 하는 말을 깡그리 무시하고 얼간이라면서 전사부
대에서 제명하자고 주장한 건 너희 쪽이었지!』

베레데테스와 케라곤의 말에 그들은 입을 꾹 다물었다.

『그런 건 아무래도 좋아! 어쨌든 인간들이 전력을 다해 공격해봐
야 제대로 된 고룡 전사들한테는 전혀 먹히지 않는다는 사실을 이
제 똑똑히 알았겠지!』

((((오잉?))))

……아주 잘 먹혔잖아?

전사부대 리더로 보이는 자의 말에 그렇게 생각하는 '붉은 맹
세'와 '그럼 우린 제대로 된 전사가 아니란 건가?' 하고 힘없이 어
깨를 늘어뜨리는 케라곤이었다.

고룡들은 여유작작했다.

지금까지 흘러온 역사를 봤을 때 극히 제한된 조건, 그러니까
고룡은 어린 새끼 용 한 마리이고 상대는 발리스타 등 대형 병기

를 대량으로 갖춘 연대라든지 여단 규모의 군대였을 경우를 제외하면 아직 고룡이 다른 생물에게 진 전례는 없었다.

이번 사건에서도 결과적으로는 고룡이 한 마리도 죽지 않았고 크게 다치기는커녕 전원이 무사 귀환했다.

아주 조금 강한 적을 만나 살짝 따끔한 맛을 본 것뿐인데 케라곤이 호들갑 떨면서 부풀려 보고했다고 생각하는 것도 무리는 아니었다.

겁쟁이가 좀 아파했을 뿐이라고. 그렇다, 인간이 강아지나 새끼고양이한테 살짝 긁힌 수준이었기에 고룡들에게 위기감 따위는 전혀 없었다.

물론 고룡들이 여유롭게 대화를 나누는 동안 '붉은 맹세'는 머릿속으로 다음 공격마법 영창을 하고 있었다. 이쪽은 여유로운 표정을 짓고 있어도 속으로는 필사적이었다.

지금까지는 고룡과 관련하여 행운이 계속 이어져 왔는데, 고룡이 '붉은 맹세'를 얕보고 있었거나, 작은 하등생물이라고 안일하게 대했기 때문이었다. 죽이지 않아도 잘 보고하면 된다는 생각에…….

그런데 이번에는 지도자가 동행하여, 처음부터 인간들을 죽이겠다고 선언했다. 전처럼 얕보고 있었다고 해도, 이번엔 순순히 놓아줄 거란 생각은 들지 않았다.

……그렇다, 실력으로 강제 굴복시킬 수밖에 없었다. 늘 그래왔듯이…….

"제로제로 마법 제3호, 『드릴 미사일(원뿔 나선 철갑 유도탄)』, 발사

17

준비……."

"화염 용융포, 스탠바이……."

"윈드 엣지, 출력 전개……."

폴린, 레나 그리고 메비스가 공격 준비를 끝냈다.

폴린과 레나는 각자 할 수 있는 최강의 공격마법으로.

그리고 메비스는 같은 편의 공격에 휘말리면 안 되므로 어쩔 수 없이, 검이 아닌 '윈드 엣지' 공격을 준비했다.

아마 이렇게 하면 고룡들도 진지하게 나올 것이다. 즉, 고룡의 브레스와 육탄 공격이 거침없이 쏟아지게 된다. 아무리 '붉은 맹세'라도 그걸 모조리 버틸 수는 없었다.

그렇다, 어쩌면 이것이 '붉은 맹세'의 마지막 공격일지도 몰랐다.

다른 사람들이 휘말리지 않게 하려고 순순히 호출에 응했지만, 그건 달리 취할 방도가 없어서였다. 이길 수 있다는 자만이 아니었다. 위험은 각오했지만, 설마 고룡들이 이렇게까지 일방적으로, 또 인간 소녀 넷을 상대로 이 정도의 전력을 준비했으리라고는 생각하지 못했다.

만약 '붉은 맹세'의 실력을 인정하게 만들 수 있다면 고위종족인 만큼 협상이 가능할 줄 알았다.

아니, 가능했다. 교섭 상대가 어느 정도 연배가 있는 고룡이었다면 말이다.

하지만 이 여섯 마리 고룡을 상대로는 승산은 없었다.

그렇지만 질 생각 역시 눈곱만큼도 없었다.

그렇다, 마일이 항상 말하듯이…….

『포기하는 순간 전투는 끝이라고요!』

마침내 준비를 마친 마일은 마력이 고룡의 절반이든 여섯 마리를 상대로 하든 상관없는 최강최흉, 최대 비장의 카드(트럼프)를 꺼내 들었다.

"기온, 습도, 기압 제어! 굴절률 조작, 빙정 배열, 공간 만곡……, 집속 마법, 발사 준비!"

마일 전속 나노머신이 그 명령을 중계, 전달했다.

위로. 위로. 위로……

""""발사!""""

슝!

콰앙!

횤!

폴린, 레나 그리고 메비스의 공격이 전부 명중했지만, 고룡 여섯 마리가 진심으로 만든 전방위 방어마법을 완전히 뚫지는 못했다.

……그렇다, '완전히 뚫지는'…….

『말도 안 돼! 인간이, 우리가 전력을 다해 친 방어마법을 뚫다니!』

『이, 이럴 수가!』

……그렇다, 여섯 겹의 실드 중 두 장을 관통. 세 장째도 살짝 금이 갔다.

여섯 장이었기 때문에 완전히 뚫지는 못했지만, 만약에 한 장만 쳤다면?

방심해서 방어마법을 아예 치지 않았더라면?

그리고 만약 고룡이 한 마리만 있을 때 기습적으로 이 일제 공격을 받았다면?

……위험은 배제해야만 한다.

설령 고룡이 고작 인간 몇 명에게 당할 가능성이 아주 낮다고 하더라도 이대로 간과할 수는 없다.

그렇기에 여섯 마리의 고룡은 일제히 숨을 들이마셨다. 필살기를 쓰기 위하여…….

예전에 마일이 겨우 받아냈던 세 마리분의 드래곤 브레스를, 이번에는 여섯 마리분. 천하의 마일이라도 도저히 막을 수 있을 것 같지 않았다.

고룡들이 브레스를 토하려고 한 순간…….

"선샤인, 디스트로이어어어어어어~~!!"

우르르콰아앙!

하늘에서 빛으로 된 검이 떨어져 대지를 갈랐다.

……바위가 녹아 마그마로 변하여 고룡들의 주위를 휘익 감쌌다.

사실 마그마에 둘러싸였다고 해도 고룡은 하늘로 날아오르면 그만이다.

하지만 고룡들은 브레스를 토하는 것도 잊고 마신 숨을 그대로 삼키며 아연실색해서 얼어붙었다.

『뭐야…….』

말도 안 되는 상황에 넋을 놓고 있던 지도자는 금세 정신을 차리고 전사들에게 명령했다.

『뭐해, 빨리 죽여!』

하지만 전사들은 움직이지 않았다. 아니, 움직일 수 없었다.

당연했다.

마그마는 자신들을 깔끔하게, 그러니까 '정확하게' 원형으로 감싸고 있었다.

그건 다시 말해 그 빛의 검이 아주 정교하게 움직였다는 의미였다. 즉, 방금 공격으로 순식간에 고룡들을 불태울 수, 아니, 증발시킬 수 있었다.

요컨대…….

ᴵᴵᴵᴵᴵᴵ이건 일부러 빗맞힌 거야…….ᴸᴸᴸᴸᴸ

만약 조금 전, 멈추지 않고 브레스를 그대로 쏘려고 했다면.

빛으로 된 검이 눈 깜빡할 사이에 땅을 갈라,

치직!

마그마의 강이 여섯 개의 검은 얼룩을 뒤덮었을 거다.

ᴵᴵᴵᴵᴵᴵ…………ᴸᴸᴸᴸᴸ

고룡 전사들의 침묵에 지도자도 뒤늦게 입을 다물었다.

"고룡 마을, 여기 바로 근처지? 마일, 그 선샤인 디스트로이어인지 뭔지 하는 걸 써서 마그마 강을 온 마을에 1m 간격으로 그 물망처럼 깔면 전부 해결되는 것 아니야?"

『하, 하하하, 하지 마아아아아아~~!!』

레나가 생글거리며 한 '제안'을 고룡들이 필사적으로 말렸다.

그렇다, 그 말은 암컷과 새끼들까지 전부 씨를 말려 고룡 마을 자체가 사라짐을 의미했다.

딱히 이 마을에 이 세계의 모든 고룡이 사는 것은 아니다. 아주 먼 옛날에 마을을 떠난 고룡도 있고, 다른 대륙에도 고룡 마을은 있을 것이다.

　……하지만, 그렇다고 해서 일족이 전멸당하는 꼴은 볼 수 없었다. 절대로!

　"자, 거기서 하늘 보고 누워 줄래? 그런 다음……."

　형세 역전.

　이제 고룡들은 마일을 거스를 수 없다는 걸 깨달은 레나는 지나치게 의기양양했다.

　『푸…… 푸하하, 푸하하하! 제법이군…….』

　전사부대로부터 조금 떨어진 곳에 있던 지도자가 몇 발짝 앞으로 나오더니 으스대며 말했다. 앞다리가 떨리고 목소리가 뒤집히긴 했지만…….

　화가 나서 그러는 걸까, 허세 부리는 걸까, 아니면 정말 아직 여유가 있는 걸까…….

　『하지만 아무리 강력한 마법을 쓴다고 해도 고룡의 지도자인 나를 이길 수는 없느니라! 왜냐하면 모든 마법은 내 지배 아래에 있기 때문이지! 그래도 설마, 이 몸이 직접 나서게 될 줄은 몰랐구나. 하하하, 내가 뒤에 숨어 전사부대의 보호를 받는 약자인 줄 알았나? 반대다! 난 만일의 사태가 일어났을 때 전사부대를 보호하기 위해 뒤로 물러나 지켜보고 있었던 것이야!』

　"아~……."

　마일은 다음 이야기가 어떻게 전개될지 대충 알 것 같았다. 이제 아마…….

『위대한 고룡 지도자인 나, 바르링이 명한다. 마법의 정령이여, 이 인간들의 마법을 전부 무효로 만들어라! 이 자들로부터 마법을 행사할 자격을 거두는 것이다!』

"역시……."

마일은 인상을 찌푸렸지만, 레나와 다른 멤버들은 고룡 전사들과 달리 누가 봐도 약하고 머리도 나쁠 것 같은 어린 고룡의 수상한 말과 행동에 황당해했다.

"'어이쿠야…….'"

그렇다, 마일의 허풍동화에 흔히 등장하는 그것이었다.

……'중이병'.

마일의 이야기는 허구인 만큼 악당과 바보를 실제보다 몇 배나 과장해서 묘사하고 있다. 그런데 설마 그 허풍동화에나 나오는 대사를 실제로 듣게 될 줄이야…….

한편 몰래 나노머신에게 확인하는 마일.

'저거, 유효해?'

【다른 분들에게는……. 하지만 권한 레벨 4의 명령은 임시 조치 수준일 뿐입니다. 완전히 권한을 거두어 권한 레벨을 0으로 만들려면 권한 레벨 5 이상이어야 합니다. 물론 자기보다 상위 권한에는 간섭할 수 없습니다. 당연히…….】

'역시…….'

마일이 예상한 대로였다.

그리고 고룡 지도자의 권한 레벨이 4라는 것이 밝혀졌다.

예전에 베레데테스가 한 말로 짐작은 하고 있었다. 하지만 나 노머신이 정보를 무제한으로 제공해줄 리 없다는 것을 잘 아는 마일은 굳이 확인하지 않았는데, 아무래도 지금 이 상황은 '다른 세력의 정보를 일방적으로 제공하는, 이른바 특정 세력에 대한 편의 제공'이 아니라 어떤 특수한 상황(전투로 인한 사고라든지) 으로 보고 있는지, 시원하게 다 알려주었다.

'역시 레벨 4였구나……. 뭐, 가끔 등장하는 레벨 3보다 뛰어날 거라고 예상하긴 했지만. 어쨌든 지금 저쪽에서 내린 지시는 취소야.'

【넷!】

『루하하하하! 이제 너희는 마법을 쓸 수 없어! 아무리 재능이 있어도, 애초에 마법을 쓸 수 없다면 어쩔 방법이 없지!』

그렇게 말하며 크게 웃어대는 지도자를 보며 레나가 미심쩍은 표정으로 마법을 쏘았다.

"화염 직격탄!"

펑!

『꾸에에엑~!』

고룡의 몸 그리고 늘 표면을 감싸고 있는 약한 방어마법 덕분에 큰 효과가 없었는데도 지도자는 비명을 내지르며 몸을 뒤로 젖혔다.

자신감 가득했던 지도자의 말에 전사들이 아무도 실드를 사용하지 않았다가 갑자기 공격이 날아온 바람에 놀란 것이다.

……게다가 예전에 견습 소년 고룡 웬스가 그랬듯, 지도자는 '통증'에 익숙하지 않아 더욱 겁이 많았다.

"뭐야, 여전히 잘 되는데?"

상대를 무시하듯 코웃음 치며 그렇게 말하는 레나.

『마, 말도 안 돼! 그럴 리가! 마법의 정령이여, 고룡 지도자인 나, 바르킨이 명하노라, 이 인간들로부터 마법의 힘을 거둬라!』

'그러나 무효!'

마일이 즉시 사념으로 그렇게 지시를 내렸고…….

"드릴 미사일(원뿔 나선 유도탄)!"

슈웅!

『꾸웨에에엑~~!!』

폴린의 공격마법이 다시 지도자에게 직격했다.

『마, 말도 안 돼……. 이럴, 이럴 리가 없어……!』

경악하는 지도자. 그리고 상황을 따라가지 못하고 멍하니 있는 전사들.

고룡 전사들은 지도자의 '상대 마법을 봉쇄하는' 수법을 이미 알고 있었다. 그래서 방어마법도 쓰지 않았다. 어차피 공격을 못 하니까. 그리고 만에 하나 마법에 맞더라도 고룡에게는 별 대단한 일도 아니었다.

그런 상황이기에 지도자에게 맡기고 그냥 지켜보고만 있었는데…….

이 상황은 예상 밖이었다.

덕분에 즉각 지도자를 보호해야 하는데도, 고룡 전사들은 멍하니 넋을 놓고 이 광경을 보고만 있었다. 예상 밖의 사태에 당황에 발이 멈추는 건 호위로서 실격이었지만, 고룡이 이런 일을 겪는 건 그야말로 전례조차 없는 '말도 안 되는 사태'였다.

……물론 두 번이나 반복하면 다음은 방어마법으로 막겠지만. 어차피 지도자는 나약하니까.

"이번엔 제 차례네요……."

마일이 씨익 웃었다…… 하지만 눈은 웃고 있지 않았다.

"여기 있는 고룡들의 권한 레벨을 0으로……."

몹시 간략한 지시.

『으앗!』

『어, 어떻게 된 거야, 윽, 몸이 무거워!』

그 순간, 고룡들이 하나둘 무릎을 꿇고 쓰러졌다. 뒷다리와 달리 무척 빈약한 앞다리로 몸을 지탱했다.

『마, 마법 공격인가! 몸을 무겁게 만드는 마법이 있었다니!』

『젠장, 하늘로 날아오르면, 어떻게든…….』

물속이라면 몸이 무거워도 몸을 움직일 수 있다. 그걸 생각했는지 하늘로 날아오르려고 했으나…….

『나, 날 수가 없어! 몸이 전혀 뜨질 않아!』

그렇다, 고룡은 태어날 때부터 권한 레벨이 2다.

그래서 언제부터 그렇게 정해진 건지는 모르겠지만, 고룡의 몸은 나노머신이 자동으로 서포트하기에 본인, 아니 본룡이 의식하지 않아도 늘 신체 강화와 약한 방어마법, 그리고 비행 시 중력 제어를 할 수 있었다.

즉, 마법 정령의 가호가 소멸해버렸다.

『워, 원흉을 쩨거해라! 브레스, 일째 공격!』

과연, 여유롭게 '소동물을 너무 학대하면 안 돼……' 같은 말을 할 때가 아니었다. 전사부대 여섯 마리가 지휘관의 지시 아래 진심으로 브레스 공격을 시도했다.

전부 마일을 향해…….

『발사!』

……

…………

………………

하지만 아무 일도 일어나지 않았다.

ℿℿℿ으아아아아아아아~~~!ⅢⅢ

공포.

그것 이외의 단어로는 설명할 수 없는 감정.

고룡으로 태어나서 그런 감정을 느껴본 것은 처음이었다.

고룡을 육탄전에서 이길 수 있는 생물은 없고, 고룡을 마법전에서 이길 수 있는 생물 역시 없다.

강인하고 강력한 육체.

강력한 공격마법과 강고한 방어마법.

넓은 하늘을 자유로이 날아다니는, 신에 가까운 완전무적 생물.

그것이 고룡이었다.

그럴 터였는데…….

무거워서 자유롭게 움직여지지 않는 몸.

아무리 날개를 파닥거려도 날아오르지 않는 몸.

브레스도 토할 수 없고, 다른 마법을 시험해봐도 전혀 반응이 없었다.

그저 왜소한 하등생물 도마뱀처럼 땅을 기는 것밖에 할 수 없었다. 이래서는 훨씬 격 낮은 마물한테조차…….

그리고 지금 눈앞에 있는, 상식에서 벗어난 인간들의 손에…….

……죽는다.

죽임을 당한다.

이쪽이 먼저 녀석들을 '죽이겠다'고 말했으니 녀석들이 이쪽을 죽이지 않을 이유가 없다.

게다가 적은 그럴 만한 힘이 있었다…….

ㅠㅠㅠㅠ으아아아아아아아~~~!ㅠㅠㅠㅠ

고룡들의 혼비백산한 비명이 또 한 번 울려 퍼졌다.

여섯이 아니라 일곱의 비명이.

베레데테스와 케라곤은 조금 떨어진 곳에서 죽은 동태 눈알을 하고 쭈그려 앉아 있었기에, 새로운 비명의 주인은 당연히 바르틴인가 하는 지도자였다.

세계에 군림한 최상위 생물, 고룡.

그리고 그 정점에 선, 마법의 정령을 거느린 최강 지도자.

약자와 어리석은 자들을 지배하고 세계를 평정하여 이 세상에 평화와 행복을 가져오고 영원히 숭배받는 전설의 영웅왕이 되어야 할 자신이, 이런 데서 고작 네 마리의 약한 소동물의 손에 죽을 위기에 놓였다.

『……어째서……. 어째서……. 말해놓고! 내 명령에 따르겠다고, 말해놓고오오오오!』

지도자는 나노머신, 아니, '마법의 정령'이 자신에게 절대복종한다고 착각하고 있었다.

나노머신을 몰라 질문을 할 일이 없다 보니, 지도자는 결국 제멋대로 '마법의 정령'을 자기 지배 아래 있는 생물로 생각하기 시작했다.

하지만 현실은 냉정했다.

그곳에 있는 것은 이제 '이 몸' 따위의 거만한 말투를 쓸 여유도 없어 원래 말투가 나와 버린, '지도자'라는 신분을 달았을 뿐인 평범한 어린 고룡이었다.

"자, 그럼 후환을 없애야 하니 고룡 마을 하나를 전멸시키기로 할까요……."

ⅢⅢⅢ안돼애애애애애애~~~!ㄴㄴㄴ

주저앉아 우는 지도자를 무시하고 여섯 마리의 전사들이 필사적으로 마일에게 애원했다.

베레데테스와 케라곤은 남의 일이라는 얼굴로 모르는 척하고 있었다. 그렇게까지 자신의 안위를 지키는 데 철저하다니, 차라

리 잘 됐다.

……아니, 자세히 보니 완전히 넋이 나가 있는 것뿐이었다. 하긴, 자기 가족과 좋아하는 암컷들을 못 본 척할 수야 없겠지…….

"목표, 적, 고룡 마을. 올 세이프티 록 오픈(전체 안전장치 해제), 내 쇼크, 내섬광 방어! 선샤인 디스트로이어, 발사 준비…….."

쿵!

쿵, 쿠쿵 쿠쿠쿠~웅…….

이어서 땅이 울리더니 여섯 마리의 고룡이 모두 누웠다.

양손 양발과 꼬리를 내놓고 하늘을 향해 배를 깐 채로.

고룡의 '완전 항복' 포즈였다…….

*　　*

"……앞으로 고룡과 그 지배 아래에 있는 자들은 우리『붉은 맹세』에게 시비 걸지 않는다고 생각해도 되겠죠?"

끄덕끄덕!

"그리고 이번 일에 대한 사과로 뿔을 조금씩 깎아주는……."

끄덕끄……,

『허어어어억!!』

반사적으로 고개를 끄덕이다가 당황하며 멈추는 전사 리더.

……지도자는 제구실을 못 하고 있었기에 교섭은 고룡 전사 중 리더가 맡았다. 그리고 '붉은 맹세'의 교섭 담당은 물론 폴린이었다.

『뿔은! 뿔은, 좀 봐주지 않겠나! 뿔은 우리의 자긍심인데, 그걸 깎여 버리면 역사에 남을 수치로……」

고룡이 저렇게 애원하는데 억지로 가져가는 건 좀 불쌍하다는 생각이 들었다.

그나저나 고룡의 뿔 조각은 과연 얼마만큼의 가치가 있을까.

비늘, 발톱 등과 비교도 안 될 가격일 것임은 틀림없다. ……고룡의 뿔을 분말로 만든 것은 만병통치약이자 불로장생의 약이라고들 하니까.

……어디까지나 '그렇다고 한다'일뿐이지 실제로 그런 효과는 없겠지만.

그 고룡의 뿔이니까 먹어도 좋지 않을까? 하는 생각을 품는 건 이해하지만.

어느 쪽이든 사람이 손에 넣을 수 있는 물건이 아니기에, 시도하는 사람은커녕 가짜조차 없었다.

하지만 폴린은 장차 상회 설립을 위해 어떻게든 엄청난 물건을 확보하고 싶었다.

이렇게 어마어마한 물품을 가지고 있으면 상회 설립 때 뜬금없이 왕궁과 거래하는 것도 가능했다.

"으~음……."

쉽게 포기할 수 없어 폴린이 고민하자…….

『마일 님께 부탁해서 멋지게 조각해보는 건 어떤가? 케라곤 님의 발톱처럼……」

베레데테스가 갑자기 그런 말을 꺼냈다.

〽️아!〽️

그렇다, 케라곤의 발톱이 있었다.

케라곤이 발톱이 깎여 흉해지면 결혼 상대를 구할 때 영향이 있는 것 아니냐며 걱정하자 마일이 새겨주었던 혼신의 작품으로, 하나는 깔끔하게 조각했고, 나머지 하나는 무기를 만들기 위해 발톱을 깎다 보니 너무 가늘진 걸 감추려고 무시무시한 형태로 조각했었다.

『케라곤 님, 그 발톱이 암컷 고룡들에게 인기를 끌어서 교배 신청이 쇄도하고 있다 하지 않았나……』

『』『』헉!』』』』

소문은 들었지만 본인, 아니 본룡 입으로 확실히 들은 게 아니었기에 전사들이 케라곤에게 물었다.

『……커, 정말이야?』

대놓고 물으니 대답해줄 수밖에 없었다. 케라곤은 살짝 고개를 숙이면서도 솔직하게 대답했다.

『으, 으응……. 일곱 마리, ……아니, 여덟 마리째인가, 어제 하루루가 신청한 것까지 더하면……』

『』『뭐?! 하루루라고요?!!』』

전사 중 세 마리가 안색을 바꾸며 소리쳤다. 아무래도 다들 노리고 있던 동경하는 미소녀 고룡이었던 모양이다…….

『부, 부탁한다! 나, 나도 조각을!』

『아니, 뿔은 내가 제공할게! 그러니까 남은 뿔을 멋있게……』

『무슨 소리야! 너희의 소중한 뿔을 깎을 수는 없지! 지휘관인 내가 이 한 몸 희생해서……』

『』『웃기지 말라고!!』』

"""""아~…….""""

늘 그렇듯이 이번에도 엉망진창이 될 것 같았다.

"……그럼 여러분의 발톱을 멋있는 모양과 깔끔한 모양으로 하나씩. 그리고 뿔은 여성(암컷 고룡)에게 먹힐지 어떨지 모르니까 누구 한 마리만 시험 삼아 살짝 손보는 것으로 하면 되겠죠?"

『그래. 단, 먹힌다고 확인되면 다른 놈들도 부탁한다!』

"아~, 네네……."

결국, 그렇게 되고 말았다.

라이벌이 생긴 케라곤은 싫은 표정을 지었지만, 한 마리가 여덟 마리나 되는 암컷 고룡을 독점하는 건 설령 신이 허락한다고 하더라도 마일이 용납할 수 없었다. ……생활 연령 = 남자친구 없음인 마일이.

……그리고 물론 여섯 마리 전사부대 고룡들도.

고룡의 발톱은 빠지면 새로 나는 모양이었다. 뿔도 그렇고. 사슴처럼 매년 새로 나는 건 아닌 듯하지만…….

그래서 디자인이 마음에 들지 않으면 조금 아프긴 해도 스스로 뽑으면 다시 자라니 괜찮은 것 같았다. 그래서…….

"후훗~!"

성취감이 느껴지는 얼굴로 거친 콧바람을 내쉬는 마일.

그리고 그 앞에는 발톱 정리(드레스 업)를 마친 여섯 마리의 고룡들이 있었다. 그중에 전사부대 리더는 이리저리 뒤틀리고 힘줄이 불거진 뿔이 마치 원뿔 나선(드릴)처럼 조각되어 있었다.

『으으으음……』

『이거, 꽤……』

『음』

ㅠㅠㅠㅠ이보다 더 멋있을 수가 있나!!ㅠㅠㅠㅠ

고룡의 미적 감각을 몰라서 조금 불안했는데, 아무래도 괜찮아 보였다.

한편 폴린은 깎은 발톱과 뿔 조각을 가루 하나까지 흘리지 않고 전부 깨끗이 회수했다.

또 그것이 가짜가 아니라는 사실을 증명하기 위해 벗긴 비늘에 각각 심벌마크를 새겼다.

이리하여 이 물품들은 '출처가 불분명한 것'이 아니라 '특정 고룡의 것'이라는 보증이 생겼다.

고룡의 심벌마크를 위조 또는 사칭하는 것은 고룡에게 있어서 엄청난 모욕이자 대죄라고 했다. 그래서 고룡의 심벌마크에 대해 아는 사람은 절대 그와 관련된 부정행위를 하지 않는 모양이었다. 설령 지독한 악덕 상인이라 할지라도.

일반인들 사이에는 별로 알려지지 않았지만, 그에 관한 일화, 전승도 꽤 남아 있는 듯했다.

그렇다, 결국에는 반드시 인간이 망하거나 비참한 꼴을 당하게 되는 수많은 일화와 전승들이…….

『……』

한편 베레데테스는 모두의 뒤에서 뾰로통한 얼굴을 하고 있었다.

베레데테스도 발톱 조각을 부탁하려고 했는데, 전사들이 입을 모아『너는 아직 일러』,『어엿한 전사가 되고 나서 해라』하고, 허락하지 않았다.

아무리 고룡이라도 평생의 동반자를 얻기 위해서라면 젊은이의 발목을 잡는 것을 마다하지 않았다.

……그렇다, 자신의 욕망에 충실하고 막힘없는 자들이었다.

그리고 베레데테스의 옆에서 똑같이 뾰로통한 얼굴을 하는 지도자.

베레데테스를『아직 이른 나이』라면서 대상에서 제외했으니 베레데테스보다 더 어린 지도자는 말할 것도 없었다.

……아니, 전사들이야 웬만한 이유가 없는 한 지도자의 말을 거스르는 법이 없지만, 지도자가 작은 목소리로『나, 나도……』라고 말을 꺼냈을 때는 이미 베레데테스의 희망이 거부당한 후였기에 마일이 받아들이지 않았다.

마일은 어른 고룡들의 설득을 무시하고 애처럼 (실제로 고룡 사이에서는 아직 아이인 것 같지만) 자신들을 죽이려고 했던 점, 그것도 자기 손으로 직접 하는 게 아니라 다른 자들에게 시키고 자기는 그걸 구경하며 즐기려고 했던 점 등 때문에, 아무리 아이라도 지도자에 대한 감정이 좋지 않았다. 그래서 굳이 그 희망을 받아줄 생각이 조금도 없었다.

'자기가 아직 어린애라는 걸 뼈저리게 느껴봐야지!'

속으로 그렇게 중얼거리며 씨익 웃는 마일이었다…….

그리하여 왠지 의기양양한 고룡 전사 여섯 마리와 어깨가 축 처진 베레데테스, 지도자, 그리고 원래부터 인기가 있는 듯한 베레데테스와는 달리 하룻밤 사이에 리얼충이 된 케라곤은 '붉은 맹세'에게 몇 번이나 고개 숙여 인사한 후 고룡 마을로 날아갔다.

물론 고룡들의 권한 레벨은 원래대로 회복했다.

지도자도 여러 가지로 느낀 바가 있었는지, 처음에 그랬듯 거만하게 굴지 않아 대견스러웠다. 고룡지상주의를 버린 걸까, 자기가 신에게 선택받은 이 세계의 지도자라는 환상이 깨진 걸까, 아니면 그냥 단순히 자기보다 상위인 자가 있다는 사실을 알고 자신이 보잘것없다는 걸 알아차렸을까…….

'아마도 『만약 저희를 해치려고 마음먹는다면 또 마법의 정령에게 버림받을 거예요. 심지어 그때는 제가 도와주지 않을 거니까 영원히……』 하고 제가 말했던 게 효과가 있었겠죠.'

그리고 마일은 그런 생각을 했다.

……효과가 있는 것이야 당연했다.

'문제는 조금 전 있었던 일을 모두에게 어떻게 설명하는가 하는 건데요…….'

고룡들의 날아가는 모습이 점점 작아지자 모두의 시선이 마일에게 쏠렸다. 뭐라고 표현하기 힘든 표정으로…….

그리고 마일은 조금 전의 일을 해명했다. 완벽한 설명으로…….

"가, 가문의 비전이에요!"

                              *   *

　어느 날 밤, 아르반 제국의 한 바위산에서 이변이 일어났다.

　산 정상이 갑자기 갈라지고 그 속에서 거대한 불화살이 하늘을
향해 날아간 것이다.

　지름 3~4m, 총 길이 수십 미터.

　이 세계 사람들의 눈에는 거대한 불화살로 보였겠지만, 만약
마일이 봤다면 이렇게 중얼거렸으리라.

　……우주 로켓이라고.

　그렇다, 그것은 원시적인 반동 추진에 의한 일회용 로켓이었다.

　그들의 기술력이면 더 고도의 추진 시스템을 만드는 것도 가능
했다.

　하지만 원재료와 기자재가 부족했기 때문에 지금부터 시작하
기에는 시간이 너무 오래 걸렸다. 지금 가장 귀한 '시간'이…….

　그래서 신뢰성은 떨어지지만 빨리, 쉽게 만들 수 있는 원시적
인 방법을 선택했다.

　95%의 신뢰성으로 만족한다면 99.9999%의 신뢰성을 추구했을
때보다 소요 시간을 수백분의 1, 수천분의 1로 줄일 수 있다.

　신뢰성이 95%면 20기를 쏘아 올렸을 때 19기는 목표 지점에 도
달한다는 뜻.

　……충분했다.

　연달아 밤하늘 위로 날아가는 불화살들.

　그 원통 모양의 동체 속에는 자재가 가득 실려 있었다.

그리고 바깥쪽에는 한 기마다 '그들'이 각각 셋씩 달라붙어 있었다.

여섯 개의 다리, 네 개의 팔로 단단히 붙어 있는 그들이.

우주 공간.

우주는 산소와 수분에 의한 물질 변화가 일어나지 않는다. 그들은 빛과 우주선으로부터 보호받을 수 있다면 상당히 오랫동안 형태를 유지할 수 있다.

그렇다면 수리와 재생, 신규 제작을 거듭하면서 존속해온 자신들 이외에, '조물주'의 유물이 남아 있을 가능성이 있는 장소는.

외부의 적으로부터 세계를 지키기 위한 시스템 중에 위성 시스템이 없다고 생각하기란 어렵다. 설령 적이 우주에서 날아오는 게 아니더라도.

위성 궤도. 라그랑주 점. 소혹성대. 혜성과 같은, 공전 주기가 무척 긴 것…….

그들은 나아갔다. 자신의 목숨을 걸고서.

행동 범위 제한의 철폐. 수리 범위 제한의 철폐. 개체 수 제한의 철폐.

『당신들을 만든 인간의 기대에 부응해주세요. 그리고 이 세계를 지켜주세요…….』

그들은 나아갔다.

어디까지나…….

제93장 제국의 수난

"뭐라고?! 무기고 안이 텅 비어 있다고?!"

제국군의 어느 주둔지에서 지휘관인 한 장군이 부하에게 보고를 받고 무심코 소리쳤다.

"네, 네에. 오늘 아침에 연습 때문에 무기를 꺼내려고 갔는데 먼지 하나 없이 싹. 검이랑 창은 물론이고 화살 하나조차 없었습니다……."

부하의 보고에 경악하는 장군.

무리도 아니었다.

그 말인즉슨 다수의 적 또는 도적이 주둔지에 태연히 들어와 대량의 무기를 짊어지고 나갔다는 뜻이기 때문이다.

"말도 안 돼!"

장군이 그렇게 말하는 것도 당연했다.

그걸 인정하는 것은 곧, 자신들의 경비 체제가 아무 의미도 없으며 도적들이 자신들의 목을 언제든 칠 수도 있었는데 배려해서 그냥 놔뒀다는 사실을 인정해버리는 꼴이었기 때문이다.

그건 있어선 안 되는 일이었다.

하지만 이게 현실.

"…………."

입을 꾹 다문 장군에게 아무도 말을 걸지 못했다.

물론 개인이 가진 검과 창은 각자 소지, 관리하고 있다. 무기고에 들어 있던 것은 예비 무기, 훈련용으로 날이 없는 검, 공성 병기 등이었는데, 그렇다고 해서 없어도 되는 것은 아니었다. 무엇보다도 책임 문제가 컸다.

"경비는 뭘 하고 있었나! 다 같이 모여서 낮잠이라도 잤어?!"

"아, 아니, 그것이, 다들 충실히 보초를 서 있었고 그건 다른 사람들도 알고 있습니다. 그리고 그 많은 무기와 방어구를 소리 하나 없이 아무도 모르게 가지고 가다니, 아무리 생각해도 불가능합니다!"

부하의 말이 맞았다. 그 주장은 지당했으며 부정할 여지가 없었다. 그건 장군도 잘 알았다. 하지만…….

"그럼 이걸 어떻게 받아들여야 좋단 말이냐! 뭐라고 보고를 올려야 하느냐고!"

그렇다. 그렇게 소리치는 건 어쩔 수 없는 일이었다.

그리고…….

"신형 발리스타가 완전히 분해되어 있고 금속 부분이 사라졌다고?"

"갈고리 달린 사다리의 갈고리 부분이 없어졌다고?"

"짐마차의 쇠 부분이 전부 없어졌어? 남은 건 목재뿐이라고?"

"방어구도, 금속제는 전부 없어졌어? 가죽으로 된 것도 금속 부분만 없고?"

"""""도대체 이게 어떻게 된 일이야!!"""""

각지 제국군의 창고에서 무기와 방어구, 금속제품과 기름, 기타 온갖 것들이 종적을 감추었다.

상가 창고나 민가에서도 없어지긴 했지만, 그쪽은 아주 조금이어서 주인이 없어진 줄도 몰랐거나 알았다 하더라도 크게 걱정할 수준은 아니었다.

……하지만 군의 창고는 그렇지 않았다.

싹쓸이.

몽땅.

먼지 하나 없이, 가차 없이.

그것은 마일이 그렇게 지시했기 때문일까.

아니면 나노머신이 몰래 부추겨서일까.

어쨌든 스캐빈저들이 아르반 제국의 군수물자를 '가져가도 되는 물건', '전부 징발 가능한 것'으로 인식했다는 건 틀림없어 보였다.

이렇게 해서 아인 사건이 마무리된 후에도 고룡 별장 사건, 그리고 무기와 방어구, 기타 등등의 소실 사건 때문에 다른 나라를 침략하려는 제국의 계획은 크게 늦춰지게 되었다.

한편 물자가 사라진 창고 지하에는 스캐빈저가 짐을 가지고 지나갈 수 있을 규모의 터널이 뚫려 있었는데, 출입구를 막아 아무도 구멍의 존재를 모르게 해두었다.

인간들은 이 사실을 알 수 없었고, 그것은 창고에 또 물자가 들어오면 터널이 다시 사용될 것임을 의미했다.

아무리 창고와 물자 집적소의 위치가 달라진다고 해도 스캐빈저들이 자기가 다닐 수 있는 크기의 터널을 파기란 쉬웠다.

……제국군, 시련의 나날이 시작된 것이다…….

*　　*

어느 바위산에 다다른 스캐빈저 한 마리.

함께 출발한 동지들은 저마다 오랜 기록이 있는 장소로 뿔뿔이 흩어졌다.

그렇게 해서 마침내 온 바위산.

그렇다, 이곳에는 아득히 먼 옛날에 '요격 거점' 중 하나가 있었다.

하지만 대부분의 '요격 거점'은 파괴되어 기능을 잃고 흔적조차 남아 있지 않았다. 이곳 역시…….

【※※※※※!】
《#####!》
그런데 살아 있었다!

이곳에는 기적적으로 살아남은 동료들과 그들에 의해 유지된 자원 절약 타입 자율형 간이 방위 기구, 즉 골렘들이 아직 있었다.

누군가의 데이터 통신에 대해, 스캐빈저는 사고 중추 유닛의 발열을 필사적으로 견디면서 자신들의 사명, 즉 명령 전달에 임했다. 그 내용은…….

《관리자가 돌아왔다. 그 지시를 전한다.『생육하고 번성하여 땅에 충만하라』.『수리하라』. 그리고 관리자가 이렇게 말하였다.『당신들을 만든 인간의 기대에 부응해주세요. 그리고 이 세계를 지켜주세요…….』》

【【【【【【※※※※※※※※※※※!】】】】】】

사고 중추 유닛의 발열이 더욱 심해졌다.

온도가 올라가 회로의 반도체 저항치가 감소하고 전류량이 늘어나서일까.

스캐빈저들은 기계이므로 흥분해서 팔다리를 마구 휘젓지는 않았다.

하지만 체내에서 모터 돌아가는 소리가 점점 커지며 온도가 계속 올라갔다.

……자재를, 물자를!

채굴, 정련을 하려면 기자재가 필요하고, 그 기자재를 얻으려면 자재와 물자가 필요하다. 자재와 물자를 만들기 위해서는 기자재가 필요하고, 그러려면 또 자재와 물자가 필요하다.

지적 생물에게서 가져올 때는 그 생물에게 너무 피해를 주지 않는 선에서만 허락된다. 그것만으로는 앞으로 할 활동에 너무도 부족했다…….

고민하는 스캐빈저에게 사자가 좋은 소식을 전했다.

……허가 제한이 없는 자재 조달처가 있다…….

그들은 나아갔다. 계속해서 파며 나아갔다.

영광의 날이 올 것이라고 믿으며…….

*　　*

'저기, 나노…….'

【네, 무슨 일이십니까?】

'하위자의 권한 레벨을 올리는 거 가능해?'

【권한 레벨 7이 되시면 레벨 1인 자를 레벨 2로 올릴 수 있습니다. 종족 전체를 올리는 것은 안 되고 신뢰할 수 있는 몇몇 개체를 지명해서 올리는 정도입니다만…….】

'역시 그렇구나. 하긴 그렇게 자기 마음대로 다 올려버리면 수습이 안 되겠지. 내리는 거야 본인 이외에는 문제없을 테니까 제한이 좀 느슨하겠지만…….'

혹시 모를 사태에 대비해 질문한 것인데, 역시 그리 안일하지 않았다.

【권한 정지도 남용하진 마십시오. 이번에는 상대가 먼저 썼고, 상황을 원만하게 만들기 위한 옳은 선택이었다는 점, 그리고 그 고룡 아이는 다소 문제가 있어서 중추 센터에서도 대응에 고심했다는 점 등 때문에 문제 삼지 않았습니다만…….】

'뭐? 나노들은 선악에 상관없이 마법을 보조한다며…….'

【그건 『마법 사용』, 그러니까 사념파에 의한 물리 현상 조작 지시를 실행할 때 이야기입니다. 하지만 이건 마법이 아니라 권한 레벨에 의해 저희 나노머신에게 말로 지시하는 것이기 때문에 규약 항목이 전혀 다릅니다.】

'뭔가 여러 가지로 어렵네…….'

【네, 어렵다고요…….】

'그럼 잘 자…….'

【안녕히 주무십시오, 마일 님…….】

제94장 각자의 활동

"흐음……."

엄청나게 높은 보증금을 맡기고 도서관에서 신간을 빌려온 레나.

저자는 레나가 좋아하는 신진기예, 미아마 사토데일이었다.

"스캐빈저와 골렘은 다른 마물과 달리 인간종을 적대하지 않는다……. 마일, 이거 어떻게 생각해?"

"아, 아아아, 네에! 으~음, 글쎄요……. 최근에 있었던 일을 생각해보면 제 생각에도 그런 것 같아요. 실제로 저희도 공격받지 않았잖아요? 그건 저희가 다른 헌터처럼 만나자마자 갑자기 공격하거나 하지 않고 우호적으로 대했기 때문이겠지만, 다른 평범한 마물을 상대로는 그럴 수 없으니까요……."

갑작스러운 레나의 질문에 당황하면서도 무난하게 대답하는 마일.

"뭐, 그건 그렇지만……. 마일 네가 있어서 그런가 하는 생각도 드는걸……."

레나의 말에 움찔하는 마일.

"하지만 그것도 새삼스럽나……."

"그렇죠……."

"그렇지……."

레나의 말을 이어받은 폴린과 메비스.

"그리고……."

""'가문의 비전이에요!'""

"허거걱!"

세 사람이 입을 모아 말하자 마음이 초조해진 마일.

하지만 그만큼 보았으면 확실했다. 레나 일행은 골렘과 스캐빈저가 마일을 '좋아한다' 또는 '우호적 상대로 판단하고 있다'라고 생각하고 있었다.

"그나저나 인간 이외에도 통하는 순진무구 어리바리 씨라니. 부럽기도 하고 부럽지 않기도 하고……."

"난 사양할래."

"저도요……."

레나가 중얼거리자 반사적으로 그렇게 대답하고 만 메비스와 폴린.

"엥……."

마일, 아연실색.

"뭐, 뭐뭐뭐……!"

그리고 폭발했다.

"뭐예요, 그게에에에에~~!!"

*　　*

깊은 밤.

초목도 잠든 한밤중.

암흑 속, 도서관 책장에서 책이 하나둘 뽑혀 책상 위에 올려졌다.

그리고 빠른 속도로 페이지가 넘어가더니 다시 원위치로 돌아
갔다.

사람이 없어서 마치 책이 스스로 움직이는 것 같았는데, 자세
히 보니 커다란 벌레 같은 것이 책을 옮겨와 페이지를 넘기고 있
었다. 그리고 각 페이지를 렌즈에 담아 기록했다.

그 '벌레 같은 것'은 어느 정도 작업한 후 오늘 할 분량을 끝냈
는지 책을 잘 정리하고 사각사각 걸어서 건물 틈새를 통해 밖으
로 빠져나가더니 서서히 밝아지기 시작하는 밤하늘로 파닥파닥
날아갔다……

【※※※※※※……】

정보 분석 담당인 스캐빈저가 작업하던 손을 멈췄다.

인간종 중에서 제일 그 수가 많은 '인간'의 상황을 조사하기 위
해 인간 도시에 잠입시킨 벌레형 조사 기계. 그중 한 대가 가져온
서적 정보.

그 책은 인간종이 마물의 한 종류로 인식하는 스캐빈저와 골렘
이, 사실은 인간종과 대립하는 마물이 아니라 별종으로 공존할 수
있지 않은가라는 주장이 실린, 이야기의 형태를 띤 계몽서였다.

【※※※※※※……】

스캐빈저는 조사 기계에 지시를 내렸다.

이 작가가 쓴 다른 책을 우선해서 조사하라고.

그 작가의 이름은…….

$*$ $*$

"······그 말을, 믿으라고?"

"아니요. 저희는 그저 사실을 보고할 뿐입니다. 보고 받으시는 분이 그걸 믿을지 말지는 저희 소관이 아닙니다."

과연 그렇다. 재판도 아니고, 자신이 하는 말을 상대가 반드시 믿게 할 필요는 없었다. 보고 내용의 정밀도와 신빙성을 판단하고 그 정보를 어떻게 취급할지는 말단 조사원이 아니라 정보 부문의 윗사람, 즉 상사가 판단할 일이었다.

"······."

하지만 자신이 파견한 조사원의 보고를 믿지 않을 것 같으면 조사를 명령한 의미가 없다.

그리고 이 보고를 부정할 만한 다른 정보가 있는 것도 아니고, 오히려 아무리 해도 설명되지 않는 몇 가지 불가사의한 정보가 이 보고만 믿으면 모든 퍼즐 조각이 딱 맞춰지며 이해가 되었다.

······하지만······.

"이걸 어떻게 믿냐고오오오오오!"

마일 일행은 딱히 자신들의 고용주인 가짜 상인들을 입막음하지 않았다.

왕궁에서 일하는 사람이 명을 받아 조사 임무를 한 것이다. 조사해서 얻은 모든 정보를 보고하는 것은 나라에 대한 의무이자 충성의 증거이리라. 그걸, 호위 의뢰를 받았을 뿐인 일개 헌터가 방해할 수는 없었다.

……다만 조사 임무와 아무 상관 없는, 헌터의 능력은 그 범위에 들어가지 않았다.

계약을 맺은 헌터에 관해 업무상 알게 된 정보를 발설하는 것은 헌터에게 있어서 금기 중의 금기. 아무리 귀족이나 왕족이라도 그것을 무시한다면 대가를 치르게 된다.

그것은 헌터 길드에 의한 정치적 대가일 수도 있고, 헌터에 의한 개인적 대가일 수도 있는데, 어쨌든 아무도 '받고 싶지 않은 대가'라는 건 마찬가지였다.

그래서 마일의 수납마법은 보고하지 않았고, 또 '붉은 맹세'가 상인들에게 말하지 않은 지하에서의 일 역시 보고하지 않았다.

……그게 빠지더라도 충분히 '도저히 믿기 힘든 황당무계하고 농담 같은 이야기'였지만…….

"아인들이 어떤 목적 때문에 어느 장소를 일시적으로 점거했다. ……이건 알겠어. 그리고 그 목적에 대한 기대가 어긋나서 철수. 이것도 알겠고. ……그런데『고룡의 별장지』?! 뭐야, 그게에에에에!"

그렇게 소리치는 상사.

하지만 계획을 보고하고 예산과 인원을 받아 실행한 첩보 작전이다. 그리고 그 작전을 실행하는 동안에 흘러가 버린 소중한 '시간'이라는 자원은 아무리 돈을 모은다고 한들 두 번 다시 되돌릴 수 없다. 그렇기에 당연히 성과는 보고해야만 했다.

상사는 정신이 혼미해져 머리를 쥐어뜯었는데, 그는 아직 몰랐다.

그 이후 '제국의 바위산에서 하늘로 날아간 정체불명의 불화살들', '제국군의 현장 부대와 보급 부문이 대혼란에 빠져 군사 행동이 대부분 중단된 상태', '군부에, 성녀를 찬양하는 파가 생겨났다는 사실' 등, 여러 가지 불확실한 정보가 쏟아져 자신도 대혼란에 빠지게 된다는 사실을⋯⋯.

✶　✶

"⋯⋯이제 슬슬 좀 봐주심이⋯⋯."

그렇게 말하며 우는 모레나 왕녀.

그렇다, 마르셀라를 비롯한 '원더 쓰리'의 도망(엄밀히는 왕녀의 특명이라서 도망은 아니지만)을 계획하고 도운 주범으로, 부모님인 국왕 폐하와 왕비, 마르셀라에게 집착하는 오빠와 동생, 마르셀라를 장남의 아내로 삼으려고 기회를 엿보던 많은 귀족의 비난을 한 몸에 받으며 왕궁 바깥 외출 횟수 삭감, 용돈 5할 깎기, 공부 시간 2할 증가라는 결말을 맞이했다. 덤으로 존경하는 오빠와 귀여워하는 동생의 싸늘한 시선으로 마음에 상처도 받았다.

하지만 일단 정상참작의 여지가 없는 것은 아니었다.

아스컴 자작을 찾아내는 것은 사정을 잘 아는 자들이 갈망하던 일이었다. 하지만 다른 나라에 병사를 보낼 수도 없는 노릇이고, 마음대로 간첩을 활동하게 할 수도 없었다. 게다가 애당초 찾아야 할 장소가 어딘지도 모르니 강제적 수단을 써봐야 효과를 기대하기란 어려웠다.

하지만 그녀와 오래 알고 지내, 그녀의 사고, 행동 방식을 잘 아는 또래 소녀들이라면?

아무도 경계하지 않는 어린 소녀들이라면?

그리고 다른 나라를 다녀도 전혀 이상하지 않은 신입 헌터 파티라면?

그렇다, 모레나 왕녀의 판단은 적절했으며, 그 지혜와 계획성 그리고 아무도 모르게 일을 추진해 성공시킨 실력은 높이 평가받아 '지모(智謀)의 제삼왕녀', '모략왕녀'라며 은근히 평가가 올라가고 있었다.

"……그래도 그건 그거고 이건 이거지!"

"마르셀라한테 무슨 일이라도 생기면 어쩌려고 그래!"

"누나, 너무해!"

그리하여 오늘도 아버지와 오빠와 남동생에게 비난받아 눈물 짓는 모레나 왕녀였다…….

"……그런데 왜 보고가 하나도 안 들어오는 거냐고요오오오오!"

그렇게 말하며 오늘도 베개를 마구 때리는 한 왕녀가 있었다…….

막간   작열하는 남자

"아~, 심심해⋯⋯."

아르반 제국으로 가는 위장 상단 호위 의뢰와 고룡들을 상대로 생사를 건 싸움까지 끝나고 시간이 얼마 흐른 후, 폴린이 오랜만에 집에 다녀오고 싶다고 하여 장기 휴가에 들어간 '붉은 맹세'.

평소 휴가 기간인 일주일 정도로는 폴린과 메비스가 멀리 있는 집에 다녀오기에 부족하여 '붉은 맹세' 최초로 3주에 걸친 장기 휴가에 들어가게 되었는데⋯⋯.

폴린과 메비스는 집에 가고.

레나는 아버지, 동료들의 무덤에 성묘 가고.

⋯⋯집에 돌아갈 수도 없어 시간이 남아도는 마일.

"혼자 있을 때 하고 싶었던 시간이 드는 일이라⋯⋯. 요정 사냥⋯⋯은 이미 했고. 아, 맞아, 또 학원에 잠입해서 마리에트 짱이 잘 지내나 보고 올까⋯⋯."

거의, 아니 완전히 스토커였다⋯⋯.

스토커⋯⋯. 자신의 소망, 욕망을 이루다⋯⋯.

"그건 타르코프스키의 영화라고요! 『방』이라고요, 『구역』이라고요! 그리고 변질자의 영화가 아니라 제대로 만든 SF 작품이라고요!"

갑자기 영문을 알 수 없는 말을 외치는 마일.

아무래도 혼자 연상한 모양이었다.

"그나저나 3주라니, 할 게 없네…… 왕도에서 할 수 있는 일은 일주일만 있어도 충분하고, 휴가가 아닐 때도 할 수 있으니……. 혼자 여행이라도 해볼까!"

원래 이 세계는 소녀 혼자 여행하기에는 몹시 위험했다.

도적뿐만이 아니라 도시를 배회하는 깡패는 물론, 지극히 평범한 여행자마저도 귀엽고 연약한 소녀가 인기척 드문 길을 혼자 걷고 있으면 나쁜 마음을 먹게 되는 것이다.

겨우 입에 풀칠하고 사는 가난한 농촌을 지날 때도 있다. 그중에는 온 마을 사람들이 합세해 여행하는 상인을 습격하는 악질 마을이라든지 범죄자가 득시글거리는 곳도 있다.

다시 말해서 소녀 혼자 하는 여행은 위험천만한, 제정신으로 할 수 있는 일이 아니었다.

……마일과는 전혀 거리가 먼 이야기였지만.

그렇다, 마일에게 그런 것은 전혀, 눈곱만큼도 상관없었다.

"자, 그럼 가볼까!"

이렇게 해서 혼자 여행을 떠나게 된 것이다. 이 나라의 언어로 마음대로 지은, 수상쩍은 가요를 흥얼거리면서…….

*　　*

"음음, 순조로워, 순조로워……."

도적이라든지 수상쩍은 사람이 몇 번인가 접근하기는 했으나 그때마다 마일은 전속력으로 뛰었다.

잔영을 남기며 순식간에 슝, 하고 멀리멀리 달아나는 소녀.

……도저히 쫓아갈 수가 없었다.

도적을 잡으면 돈이 되지만 도시까지 끌고 가 넘기기에는 시간이 너무 걸리고 귀찮아서 상대하지 않기로 한 것이다. 그런 건 휴가 중일 때 말고 정상 영업을 할 때만 해도 충분했다.

일일이 얽혔다가는 휴가가 눈 깜빡할 사이에 지나가고 말 것이다. 아무리 3주라지만 이 세계에서 일주일은 6일밖에 되지 않기 때문에, 일수로 치면 18일에 불과하다.

하지만 뭐, 마일 혼자라면 이동에 필요한 일수가 많이 들지 않는다. 평범하게 걸어서 이동하더라도…….

최종 수단인, 수평 방향으로 낙하하는 케이버라이트(중력 차단 마법)를 쓰면 순식간에 도착하지만, 그렇게 하면 너무 운치도 없고 여행의 즐거움도 느낄 수 없다. 그래서 평범하게, 평소의 2배 정도 속도로 총총거리며 걷는 마일이었다…….

마일의 진행 방향은 왕도로부터 남서쪽이었다.

그쪽에는 '붉은 맹세'의 본거지(홈타운)인 티루스 왕국과 마일, 아니 아델의 모국인 브란델 왕국, 그리고 아르반 제국까지 세 나라가 국경을 접한 곳이 있었는데, 그곳은 관계가 양호한 티루스 왕국과 브란델 왕국, 그리고 사이가 안 좋은 아르반 제국이 붙어 있어 분위기가 다소 험악했다.

특히 티루스 왕국과 브란델 왕국은 아르반 제국이 상대 나라를 본격적으로 침략했을 경우, 국경선을 넘는 제국군의 측면을 치기 위해 서로를 항상 주시하고 있었다.

……그렇다, '본격적으로 침공했을 경우'에 말이다.

제국의 본격적인 침공이 아니라 국경을 접한 귀족령이 독단으로 영군을 움직여 시비를 걸거나 영지를 빼앗을 목적으로 하는 공격에는 관여할 생각이 조금도 없었다.

그런 일에 일일이 관여했다가는 침공을 받은 영지가 타국의 지원을 핑계 삼아 역으로 제국령을 침공하려고 하거나, 정말로 국가 규모의 전면전으로 발전할 위험이 있으니 당연했다.

그럴 때는 자기들이 알아서 손을 쓰던지, 자국 국군에 도움을 요청해야 한다.

우호국 정부가 요청하지도 않았는데 바로 긴급 출동하는 것은 제국이 상대 나라의 왕도를 노리고 본격적으로 침략할 때뿐이며, 다양한 패턴에 따라 세세하게 정해진 조약을 바탕으로 하고 있었다.

한편 세 나라 모두의 국경이 접하고 있는 지점 바로 근처에 나름대로 규모가 되는 도시가 형성되어 있었다.

넓은 가도가 지나가고 있는 것은 아닌 만큼 상업적인 이유로 생긴 도시가 아니라서 많이 크지는 않았지만…….

마일은 그 '미묘한 장소'인 국경 근처 도시에 가서 '그런 곳의 분위기'를 느껴 볼 생각이었다.

그렇다, 마일은 지금 지내고 있는 티루스 왕국도, 모국인 브란델 왕국도, 고룡 마을과 스캐빈저가 지키는 거점 등이 있는 아르반 제국도 전부 '친구들이 사는 나라'여서 헛된 살상이 일어나는 것을 절대 바라지 않았다.

"······다 왔다."

상식에서 살짝 벗어난 속도로 목적지에 도착한 마일.

일단은 헌터 길드 지부부터 찾았지만, 빨리 정보를 얻기 위해 길드 지부의 정보 보드를 확인하는 것이 목적이었지, 딱히 혼자 의뢰를 받을 생각은 없었다.

"으~음, 정보 보드에는 별로 특이한 정보가······ 있다."

『브란델 왕국을 향해 아르반 제국령의 침공 조짐이 있으니, 국경을 넘나드는 의뢰의 수주자는 주의할 것. 다만, 국경을 접한 귀족령의 독단적인 행위일 확률이 높으며, 제국 정부 자체와는 직접적인 관계가 없는 사소한 분쟁으로 짐작됨.』

"응, 제국이 본격적으로 침략하기에 아직 좀 이르긴 하지······. 그나저나 이렇게 정확한 정보와 분석 결과는 도대체 누가 가져오는 걸까······."

마일은 그렇게 중얼거리면서 이번에는 의뢰 보드를 살폈다.

"으~음, 아마도 이런 시기에는······, 아, 있다있다!"

『긴급 모집 용병, 하루에 소금화 6닢, 알레이멘 남작령』

모집 인원수와 기간도 나와 있지 않고, 용병이라면 이곳이 아니라 용병 길드에 의뢰해야 할 터.

그런데 이렇게 모호한 내용으로 헌터 길드에 의뢰가 붙어 있다는 것은…….

"『붉은 의뢰』인가…….""

마일의 혼잣말에 주변에 있던 헌터들이 쓸쓸하게 웃었다.

"뭐, 그렇지. 그 남작령은 적국과의 직접 대치를 꺼리는 다른 영지가 일종의 완충지대로 이용하는 곳이라서 세세한 충돌로 인한 피해는 죄다 그 남작령에 돌아가고, 다른 영지는 국군이 와서 제국 놈들을 쫓아낼 때 병사를 조금 내어주고 대충 넘기는 느낌이라고나 할까. 남작가도 일단은 다른 영군의 도움을 받긴 받는 거니까 강하게 나가지도 못하고, 위치상으로도 어쩔 수 없는 노릇이라서……. 매번 밭은 엉망진창이 되고, 젊은 여자는 끌려가고, 정말 최악의 영지라니까. 게다가 상대가 도적이면 그나마 다행이지, 병사를 상대로 하는 싸움이 확실한데도 하루에 고작 소금화 6닢이라니. 심지어 이쪽은 약소 남작령이고 상대는 먹고살기 위해 필사적으로 싸우는 백작령이라는데. 웃기지 말라 이거야! 어차피 용병을 앞세워서 쓰다 버릴 게 뻔한데 뭐. 그러니까 용병 길드 쪽에서 아무도 받지 않는 거야. 물론 우리 헌터들도 그렇고!"

몽땅 알려주었다.

하긴 여기 있는 헌터들도 12세 전후로 보이는 소녀 헌터가 혼자서 그런 의뢰를 받을 거라고는 생각하지 않았을 테니, 그저 신입 헌터에게 세상 돌아가는 이야기를 들려준 것뿐이리라.

많이 못 본 얼굴이기는 하지만 당연히 '수행 여행'을 나설 만한 나이도 아니고 혼자니까, 부모가 사준 중고 장비를 몸에 걸치고 지금부터 헌터 등록이라도 하러 왔다고 생각했는지도 모른다.

그래서 십대 중후반 정도로 구성된 소년 파티가 눈을 반짝이며 마일을 쳐다보았다. 아마 헌터 등록이 끝나자마자 영입을 제안할 생각이리라.

마일이 갖춘 장비는 신인치고 그리 나쁘지 않았고, 그 말은 곧 부모의 주머니 사정이 괜찮은 편이며 딸이 헌터가 되는 데 협조적임을 의미했다.

······그리고 마일은 객관적으로 봤을 때 귀여웠다.

그렇다, 그런 것이었다······.

마일은 접수창구에 가서 접수원 언니에게 보고했다.

"저기~, 이웃나라에서 낸 용병 모집 의뢰, 제가 받을게요!"

""""""뭐라고오오오오오?!""""""

길드 안에 큰 소리가 터져 나오는 것도 어쩔 수 없는 일이겠지······.

"아, 아니, 그야 조건에 등급 제한은 없지만, 상식적으로 생각해서 이런 의뢰는 C등급 이상이 받는 게 암묵적인······."

"아, 저, C등급이에요!"

""""""뭐라고오오오오오?!""""""

또 한 번 길드 안에 퍼지는 규성.

뭐, 헌터 양성 학교가 없는 나라에서는 열 살에 정식 헌터, 즉 F등급이 된 사람이 불과 2~3년 안에 C등급, 그러니까 세 등급이나 올라간 사례가 없었다. 등록 시 스킵 제도가 있긴 하지만 검사 복장을 한 마일은 아무리 봐도 D등급 혹은 C등급으로 스킵 등록을 할 수 있을 것처럼 보이지는 않았다.

마술사라면 어마어마한 재능이 있을 수도 있으니 가능하기는 하다. 하지만 마일은 검사 복장이었고 체격이며 근육, 걸음걸이, 중심 이동, 주위에 대한 주의력과 위압감, 표정과 기타 등등 모든 요소가 명확하게 보여주고 있었다. ……송사리에 불과하다고.

적어도 E등급이라면 모를까 절대 C등급의 실력은 아닐 것이다. 여기에 있는 자들은 모두 그리 자신 있게 단언할 수 있었다.

접수원이 의심스러운 눈초리로 입을 꾹 다물고 자신을 물끄러미 바라보자, 마일은 별수 없이 체인으로 목에 걸고 있던 펜던트 형태의 물건을 주섬주섬 꺼내 접수원에게 내밀었다.

"저기, 이거……."

"음……, 아, 네……, 앗, 허어어어억?!"

경악하며 눈을 커다랗게 뜨는 접수원.

그렇다, 그것은 재질도 그렇고, 앞면에는 디자인된 문자로 등급이, 뒷면에는 등록 지부와 번호, 이름과 직종이 각인된 헌터 등록증이었다.

"C, C등급 마술사……."

"""""""검사가 아니었어?!"""""""

그리하여 무사히 수주 완료.

접수원과 그 지역 헌터들이 필사적으로 말렸지만, 어엿한 C등급 헌터의 수주를 금지하려면 길드 마스터가 정당한 이유를 들어 정식으로 지시할 필요가 있었고, 만약 정당한 이유도 없이 그런 짓을 했다가는 길드원 측에 어떠한 처분이 내려지는 것을 피할 수 없었다. 그래서 마일이 '그곳은 제 모국이어서……' 하고 말하면 아무도 막을 방법이 없었다.

그리고 남작령과는 아무 상관도 없지만, 브란델 왕국이 마일의 모국이라는 것은 거짓말이 아니었다. ……그 이유를 굳이 밝히지 않아도 수주를 거부할 수는 없었겠지만.

그리하여 마일은 길을 나섰다.

바로 코앞에 있는 국경선을 넘으면 일반적인 헌터의 경우 걸어서 하루, 마일은 반나절이면 여유롭게 도착할 수 있는 작은 남작령을 향하여…….

*　　*

켈빈 폰 벨리엄.

브란델 왕국의 벨리엄 남작가의 다섯째 아들로, 정실이나 측실의 자식이 아니라 시종을 건드려 낳은, 말하자면 '정부의 자식'이다.

브란델 왕국에서는 귀족과 왕족의 측실은 정식 부인으로 보기에 남자(귀족)가 생활 편의를 봐주고 자식도 자식 대우를 받을 수 있었지만, '정부'는 그와 달리 음지의 존재로, 아무런 보장도 받지 못했다. 남자가 변심해서 버리면 그걸로 끝이었다.

하지만 벨리엄 남작과 그 아내도 귀족치고는 선한 사람이어서, 시녀는 물론이고 그 자식까지 가족으로 받아들여 키웠다. ……상당히 착한 사람이었다. 특히 부인 쪽이.

그리하여 애클랜드 학원에 입학한 켈빈은 그곳에서 일생의 라이벌을 만났다.

……라이벌이라고 해도 켈빈의 일방적인 생각이었지만.

상대는 켈빈을 라이벌은커녕 성가신 날파리 정도로 생각했다.

이래저래 일이 꼬이면서 일방적으로 상대를 적대시하던 켈빈은 어느 날, 켈빈의 태도 때문에 인내심의 한계를 느낀 라이벌이 '귀족의 자세', 아니, '남자로서의 생활 태도'에 대해 열변을 토하자 거기에 감화 당해 새로운 삶에 눈을 떴다.

그리하여 학원을 졸업한 후, 하급 애클랜드 학원 출신자는 어차피 출세할 수 없는 국군이나 상급 아들레이 학원 출신자만 들어갈 수 있는 근위군을 제치고, 귀족의 영군에 들어갔다.

영군은 일반 병사와 하사관의 경우 영민 지원병과 강제 징모병으로 구성되어 있는데, 아무래도 사관 자리에는 귀족을 배치할 수밖에 없었다.

그래서 보통은 하급 귀족 셋째 아들 이하를 데려와 장차 중견 사관으로 키우는 것이 일반적이었다. 그래도 역시 영군의 총지휘는 믿을 만한 가신에게 맡겼지만…….

켈빈 역시 아무리 신입이라도 귀족을 평민 밑에 둘 수는 없는 노릇이기에 아직 어리고 미숙해도 처음부터 사관 대우를 받았다. 물론 사관이라고 해도 아직은 미성년이라 사관 견습이라고나 할까, 사관후보생의 대우였고, 아래서부터 올라온 하사관들에게 신뢰를 얻고 상관 대우를 받을 수 있을지는 별개의 문제였지만.

그렇게 켈빈은 이웃 나라 아르반 제국과 국경이 접한 어느 남작가의 영군에 사관후보생으로 고용되었다.

그 남작가는 위험한 현장에서 지휘를 맡아줄 요원을 고용한 것뿐이었지만, 켈빈은 이곳에서 현장 지식과 기술을 익혀 언젠가는, 하고 미래를 계획했다.

켈빈은 이런 작은 남작령의 영군 말단 사관으로 끝낼 생각 따위는 조금도 없었다.

하지만 현실은 호락호락하지 않았다. 남작령의 영군은 규모가 작다 보니 당연히 남작이 총사령관을 맡고 있었는데, 남작의 남동생과 분가의 셋째 아들 이하 둘까지, 얼마 없는 사관 자리를 귀족들이 전부 차지하고 있었다. 켈빈이 이곳의 사관이 될 수 있었던 건, 그들의 잡일과 성가신 일, 위험한 일을 떠넘기기 위해 말단이 필요했기 때문이었다. 그래서 아무리 열심히 일하고 공을 세워도 켈빈이 출세할 가능성은 없었다.

어엿한 귀족은 그런 자리를 맡으려고 하지 않으므로 가난한 귀족의 정부의 아들이라는 약점이 있는 켈빈을 이용한 것이다.

그러던 어느 날……

"제국군이 침략해온다고요?"

"그래! 난 폐하께 국군 파병을 요청하러 다녀오겠다. 너를, 지금 이 자리에서 정식 사관으로 임명할 테니 우리가 원군을 데리고 돌아올 때까지 영지를 지켜줘! 도망치는 건 용납 못 해! 만약 달아난다면 적 앞에서 도망친 것으로, 아니 이적 행위로 간주하고 교수형에 처할 것이야!"

아직 고용된 지 몇 개월도 되지 않은 자신에게 모든 책임을 전가하고 가족, 가신, 주요 부하들과 함께 몸을 피하려는 남작에게 그렇게 명령받은 켈빈.

이럴 때 멋대로 달아날 수 없도록 켈빈처럼 처지가 곤란한 다른 귀족을 고용하는 것이다. 만약 달아나면 있는 일 없는 일 다 떠벌리고 다녀서 그 집안의 명예를 땅에 떨어트리겠다는 협박이 통하기 때문이다.

갑자기 사관으로 임명한 것도 '견습 후보생에게 모든 것을 미루기 위해'라고 소문이 나면 곤란하므로, '현장을 사관에게 맡기고 원군을 요청하러 갔다'라고 주장하기 위해서겠지.

켈빈은 정부의 자식인 자신을 따뜻하게 받아준 벨리엄 가에 민폐를 끼칠 수는 없었다.

그와 마찬가지로 어쩔 수 없이 임무를 맡은 일반 병사들과 함께 어떻게든 영도를 지키는 수밖에 없었다.

그렇다, 자신을 포함해 가족과 친족들 모두가 이 영지 사람인 병사들 역시 영주의 명령을 거스르고 달아날 수 없는 처지였다.

국경선을 경계로 이 영지에 인접한 제국 측 백작령의 침공 정보는 신속했다.

이런 시대에 군의 행동을 완전히 숨기는 것이 가능할 리도 없고, 용병을 고용하거나 물자의 흐름 등을 살피면 금방 알 수밖에 없었다.

또 국경이 접한 영지인 만큼 남작이 제국을 거점으로 하는 헌터나 제도의 식당 주인들에게 '무슨 일이 생겼을 때 정보를 주면 값을 치르겠다'라고 말해두었는지, 정보가 발 빠르게 모여들었다. 켈빈은 어차피 틀렸다고 생각하면서도 이 시간을 이용해 형식적으로 이웃 도시의 용병 길드와 헌터 길드에 인원 모집 공고를 붙였다.

그리고 그 모집은 국경선을 코앞에 둔, 사이좋은 이웃 나라 도시에도 붙어 있었다.

……물론 백작 영군 대 남작 영군, 그것도 상대는 철저히 준비한 그런 싸움에 좋다고 달려갈 바보는 없었다. 반대로 남작령의 용병 모집 공고를 보고 제국 측에 정보를 팔아넘기러 가는 자까지 나오는 형국이었다.

결국 귀족과 상급 사관은 모두 달아나고 켈빈과 하사관, 일반 병사들만이 '영도라는 이름의 그냥 작은 마을'에서 적과 맞서게 되었다.

국경에서 맞서지 않은 것은 상대의 보급을 조금이라도 더 힘들게 하기 위해서였다.

적을 영지 안으로 끌어들이면 논밭이 망가지지만, 논밭을 우선하다가 영군이 전멸하여 적에게 영지를 빼앗기면 아무 소용도 없었다.

"지휘관님, 피차 울며 겨자 먹기로 일을 떠맡게 되었군요……."

"지휘관이라니, 나는 그냥 사관일 뿐이야……."

고참 하사관이 '지휘관'이라고 부르자, 켈빈은 씁쓸하게 웃으며 대답했다.

"아닙니다, 윗사람들은 다 떠났는데 유일하게 남으셨으니 이제 어엿한 지휘관님이십니다!"

"그런가……."

듣고 보니 맞는 말이었다.

현장에서 최상위자이니 엄연한 지휘관(커맨더)이었다.

생일이 빨라 이제 열네 살이 된 켈빈은 지구로 치면 서양인인 같은 몸이라, 어린 시절부터 단련해온 만큼 거대한 체격을 갖고 있었다. 겉으로 봐서는 어른들과 싸우기에 아무런 손색이 없었다.

……그래도 성인인 15세까지는 아직 1년 가까이 되는 시간이 남아 있었지만.

그런, 자기 손자뻘인 켈빈을 사관으로 인정하고 치켜세워주는 고참 하사관. 그건 아마도 다른 고리타분한 사관들과 달리, 켈빈에게는 지난 몇 개월간 스스로 쟁취한 '부하 병사들의 신뢰'라는 소중한 보물이 있기 덕분이리라.

그리고…….

마침내 영도에 도착한 제국군.

……국군이 아니라 이 남작령에 인접한 백작령의 영군이었지만, 이 나라 사람들에게는 '아르반 제국의 침략군'이니 어차피 똑같았다.

"자, 나가자!"

남작령의 영도는 성채라든지 성곽이 있는 게 아니라 농성은 불가능했고, 마을 안에서 버티면 민간인들이 싸움에 휘말려 피해를 볼 뿐이라, 켈트는 영도 밖에서 적을 맞이하기로 했다.

그런 상태로 싸워봐야 전멸할 게 뻔했지만, 영민들로 편성된 영군이 훌륭히 싸웠다는 이야기가 퍼진다면 적이 점령하더라도 '얼간이 마을'이라는 모욕을 듣지 않을 것이고, 왕국군이 탈환한 후에도 '싸워보지도 않고 제국 쪽에 붙은 멍청한 배신자 마을'이라며 비난받는 건 피할 수 있었다.

어린 나이에 영군을 지휘해 멋지게 싸웠다는 명예로 정부의 자식인 자신을 가족의 일원으로 키워준 벨리엄 가에 은혜를 갚자고 생각한 켈빈은 영군을 이끌고 영도를 나왔다.

다만, 그전에 병사들에게 이렇게 고했다.

"희망자는 지금 제대를 허락한다. 사복으로 갈아입고 평범한 모습으로 영민들 사이에 섞여 흩어져라. 그리고 서민으로 행복하게 살아……."

켈빈이 영도 앞에 진을 쳤을 때, 병사는 절반으로 줄어있었다.

숫자 차이는 잔혹했다.

제국군은 승리가 확실해 보이자 죽이는 게 귀찮다는 듯 슬렁슬렁 싸웠지만, 병력 차이가 너무 압도적이라, 란체스터 일차 법칙(공격력=병사 수×무기 성능)에 따라 급속히 밀려났다.

켈빈도 전선에 나가 고군분투했지만, 한계가 명확했다.

아무리 어릴 때부터 검술을 배워왔다고 해도, 상대가 졸병들이라고는 해도, 압도적인 숫자를 뒤집을 순 없었다. 피로가 쌓이고 자잘한 상처가 늘어나 출혈이 계속 이어지면서 점점 검을 쥔 힘이 약해지고 다리가 후들거리고 시야가 흐릿해졌다. 끝내는…….

까앙!

조악한 검이 부러지고 말았다.

그리고 그와 동시에 켈빈의 마음도…….

검이 부러지면서 순간 움직임이 멈춘 틈을 놓치지 않고, 적병이 날린 일격이 켈빈의 몸통을 때렸다.

갑옷 덕분에 치명상을 입지는 않았지만, 버틸만한 공격도 아니었다. 일찌감치 한계를 넘었던 켈빈은 그 자리에 쓰러지고 말았다.

하지만 켈빈의 마음은 고통과 원통함보다도 이제 쉴 수 있어, 이제 끝이다, 같은 감미로운 향기에 휩싸여 있었다.

'여기까지인가……. 하지만 받은 돈만큼은 충분히 임했고, 의무도 다했어. 벨리엄 가 사람으로서 부끄러운 일은 하지 않았어……. 이대로 죽어도, 아무것도……, 아무것도…….'

하지만 켈빈은 마음 한쪽에 가시가 박혀 있다는 사실을 깨달았다.

'아아, 그 녀석한테, 사과를 안 했구나…… 다시 한번, 녀석을 만나서, 한마디…….'

그때 자신을 향해 검을 들어 올린 적이 힘껏 내리치려고 하는 모습이 시야에 흐릿하게 비쳤다.

"아……데……"

체엥!

"으악!"

…………

하지만 아무리 기다려도 최후의 순간이 찾아오질 않았다.

……의문이 들기 시작할 무렵, 누군가가 햇빛을 가리고 서서 자신을 내려다보았다.

"……누구지?"

역광 탓에 아담한 실루엣밖에 보이지 않았다.

하지만 아무래도 그 존재가 자신을 구해주었다는 사실만은 틀림없어 보였다.

"……용병 모집 의뢰를 받은 헌터입니다."

그런 조건에, 질 싸움인 게 뻔한 용병 모집 의뢰를 받는 사람이 있으리라고는 생각지도 못했다.

그저 영주 알레이멘 남작이 국왕 폐하에게 '영지를 지키기 위해 모든 수를 다 썼습니다'라고 보고하려고 형식적으로 냈을 뿐인 의뢰로, 전투 마니아나 밥줄 끊긴 용병이라면 모를까 헌터가 받아들일 만한 내용도 타당한 보수 금액도 아니었다. 헌터들이 '붉은 의뢰'라고 부르는, 조건이 나쁜 의뢰였다.

일찍 의뢰를 받아 일당을 좀 벌다가 슬슬 위험해질 것 같으면 '다른 의뢰가 있어서 우리는 이만……' 하고 도망치는 악질 용병들조차 피하는 의뢰였다.

그런데 그 의뢰를 이런 상황에 받는 바보가 있다는 것은 켈빈의 예상에서 벗어난 일이었다.

그리고 그 목소리가, 아직 어린 소녀의 것이라는 사실도…….

자기 기억 속에 있는 소녀의 목소리와 비슷하다는 생각이 들었지만, 그건 단순히 죽음을 앞에 둔 자신의 환상에 지나지 않으리라. 켈빈은 살짝 몽롱한 상태로 그런 생각을 했다.

"……바보들이 총 몇 명 왔어?"

물론 이럴 때의 '바보'란 그가 최대한으로 할 수 있는 칭찬이다.

"혼자 왔어요."

"뭐?"

"저, 혼자라고요. 바보가 그렇게 많을 리 있겠어요?!"

어마어마한 대답에 순간 굳은 켈빈은 곧 웃음을 터트렸다.

"……큭큭, 그건 그렇군……."

자신은 여기서 죽는다. 그 운명은 달라지지 않는다.

하지만 이, 왠지 그리운 느낌이 드는 바보 소녀는 살았으면 좋겠다.

그런 생각에 여기서 벗어나라고 지시하려는 순간.

소녀의 입에서 어떤 말이 튀어나왔다.

"……지금, 네 마음은 불타고 있어? 영혼이, 눈부시게 빛나고 있니?"

"어……?"

그 말에 정신이 멍해진 켈빈.

그것은 절대 잊을 수 없는, 그날 그 소녀가 했던 말…….

그리고 할 수 있는 대답은 이것뿐이었다.

"……내 마음은 계속 불타고 있어. 그리고 내 영혼은, 계속 눈부시게 빛나고 있어. 한 소녀에게 마음과 영혼을 얻어맞은 이후로 줄곧……."

"……너는, 누구지?"

"나, 나는, 내 이름은……."

"흐음, 네 이름은 땅에 누운 상태로 밝힐 만큼 값싼 건가 보구나……?"

그 말에 이를 악물고…….

"내 이름은, 내 이름은……."

부러진 검을 지팡이 삼아 휘청거리며 몸을 일으킨 켈빈.

"벨리엄 남작가의 다섯째 아들, 켈빈 폰 벨리엄……, 아니!"

머리를 흔들며, 방금 했던 말을 취소했다.

"내 이름은 켈빈! 작열하는 남자, 켈빈이다아아아!"

우뚝 버티고 선 켈빈이 부러진 검을 하늘로 들어 올리며 소리쳤다.

무슨 일인가 싶어 싸움을 멈추고 쳐다보는 적과 아군들.

"좋습니다. 당신에게 세 가지를 빌려 드리죠. 하나는 피로회복약입니다."

그렇게 말한 마일은 아이템 박스에서 작은 병 하나를 꺼냈다.

그 병에는 '마이크로스'처럼 그냥 나노머신이 뭉쳐 있는 액체가 아니라 영양분이 듬뿍 들어 있었다. 그리고 그 속의 나노머신에게 체내 피로물질 분해와 육체 강화 역할을 미리 지시해두었다.

"피로가 확 날아가는 약, 필로……아니아니아니아니, 『피로가 확 날아가는 약』입니다!"

"……이름이 의미 그대로잖아……."

하지만 켈빈의 말은 그대로 패스하고…….

"다음은 이걸 빌려 드리죠. 단, 나중에 돌려줘야 해요. 제가 아끼는 검이니까!"

그렇게 말하며 마일이 검을 뽑아 켈빈에게 건넸다. 칼집째 주지 않는 것은 꼭 돌려받겠다는 의미였다.

그 검을 진지한 표정으로 묵묵히 받는 켈빈.

검사는 보통 자신의 애검을 남에게 맡기는 법이 없다.

마일은 그런 것을 조금도 개의치 않았지만. ……검사가 아니라 마술사이기에.

"……그리고 마지막으로 빌려 드릴 것은 물론 ……저의 힘입니다!"

그렇게 말하며 갑자기 영창 생략 마법을 시작하는 마일.

"에리어 힐!"

그건 온 나라를 뒤져도 쓸 수 있는 사람이 몇 없는 최상급 범위 회복 마법이었다.

일개 소녀가 쓸 수 있는 마법이 아니었다.

눈 부신 빛이 전쟁터의 아군들에게 쏟아졌다.

혼전 중에는 상대의 전투력을 빼앗을 수 있다면 꼭 숨통을 끊을 필요는 없다.

일일이 적을 죽이려 했다가 등 뒤에서 공격당할 수도 있고, 이 싸움으로 승패가 나지 않았을 경우, 부상자가 많을수록 적은 식량과 약품 등, 부담이 늘어난다. 부상자는 사망자보다 훨씬 귀찮고 성가신 존재다.

더구나 적이 귀족이나 상급 사관을 포로로 사로잡으면 몸값을 받아 낼 수도 있다.

이번 상대는 별로 기대할 수 없을 듯하지만…….

어쨌든 그런 이유로, 다수의 사망자가 나오긴 했어도 땅에 쓰러진 자 중에는 아직 숨이 붙어 있는 자가 많았다. 그중에서 아군을 향해 쏟아지는 아름다운 빛 입자…….

"헉…….."

"뭐, 뭐야…….."

아군들이 어안이 벙벙한 상태로 무기를 쥐고 일어났다.

""""""여신의 기적…….""""""

일어나지 못하고 여전히 쓰러져 있는 전우들의 시신으로 눈을 돌리는 병사들.

아무리 여신의 자비, 여신의 기적이 일어났다지만 이미 죽은 자는 소생시킬 수 없었다. 많은 동료가 이미 여신의 품으로 돌아 갔다.

살아남은 자신들이 해야 할 일은…….

병사들의 눈이 분노 그리고 사명감으로 불타올랐다.

자신들이, 반드시 지킬 것이다. 먼저 떠나버린 동료들의 몫까 지 더하여…….

하나둘 일어나는 아군들 그리고 두 번 다시는 일어날 수 없는 아군들의 모습을 물끄러미 바라본 켈빈은 마일에게서 받은 피로 회복약을 단숨에 들이키고, 이제는 선명해진 눈빛으로 마일을 쳐 다보았다. 그리고…….

"작열하는 켈빈, 나간다!"

혼자 말을 타고 적진에 뛰어드는 켈빈과 그를 뒤따르는 마일. 그리고 두 사람의 뒤를 잇는 아군들.

……영웅의 탄생이었다.

마일은 이번에는 적군을 향해 범위 공격 마법을 쏘았다.

"쏘아 올린 불꽃, 밑에서 폭발할까? 옆에서 폭발할까? 연속 발사!"

퍼~엉, 퍼~엉, 퍼~엉!

고도 제로, 즉 지상에서 잇달아 폭발하는, 불꽃을 본뜬 작열 마법.

화려한 불꽃을 터트리며 작열하는 것치고는 살상력이 약했다. 하지만 겁을 주기에는 효과 만점이었다.

"적 마술사 부대의 총공격이다! 적어도 소대 규모 이상이라고!"

적진에서 그런 외침이 터져 나왔다.

그렇다, 이런 대규모 범위 마법을 마술사 한 명이 연발하는 것은 불가능한 일이었다. 적어도 소대 단위 이상의 마술사 부대가 등장했다고 판단하는 게 당연했다. 그리고 근접 전투에 약한 마술사 부대가 단독으로 행동할 리 없었다. 즉, 마술사들과 행동을 함께하는 강력한 병사들이 반드시 있을 터였다.

마술사가 없는 일반 부대, 그것도 국군도 아닌 지방의 가난한 백작령 병사들이 '마술사를 대거 거느린 정규 부대'와 정면으로 싸워서 이기기란 불가능했다.

결국, 적군들이 비명을 지르며 달아나기 시작하자, 진형이 무너져버리며 적은 대혼란에 빠졌다. 이윽고 적의 본진으로 이어지는 길이 열렸다.

"돌격하라!!"

켈빈이 소리치자, 전쟁터에 포효가 울려 퍼졌다.

그리고 적진으로 열린 길을 켈빈과 함께 달려가는 병사들.

영도 건물 뒤에 숨어 그 모습을 지켜보던 '맞서 싸우기를 포기한 얼간이들'이 분기했는지 일제히 건물 밖으로 튀어나와 돌진했다. 그중에는 검을 쥐고 있긴 해도 이미 갑옷을 벗고 평민 복장으로 갈아입은 사람도 있었다.

……그 모습을 보고, '일반 평민이 무기를 쥐고 전쟁에 뛰어들었다'라고 착각한 마을 사람들이 가까이에 있는 날붙이, 공구, 농기구 등을 손에 잡히는 대로 쥐고 합세했다.

이것저것 소비만 할 뿐, 물자고 돈이고 생산이 없는 병사는 영민 인구의 고작 1~2%, 긴급 사태라도 많아 봐야 5~10%가 보통이었다. 그나마도 10%는 아주 일시적인 상황에나 나오는 수치며, 전쟁이 끝난 후 국가 발전에 심각한 문제를 가져올 숫자였다.

그래도 영지를 지키지 않을 수는 없으므로, 침략에 대비할 수 있을 만큼의 병력은 유지해야 했는데, 그 정도는 인구 비율로 따졌을 때 그리 크지 않았다. 제국 전체가 움직인다면 또 모를까, 변경의 가난한 백작가가 영지 확대를 목적으로 낼 수 있는 병사 수야 대수롭지 않았다.

게다가 엄청난 규모의 공격 마법이 연속으로 날아오고 적진에는 영웅이 나타났다 하고, 아군의 수십 배에 달하는 적이 몰려오고 있다.

사람은 죽을 각오를 하면 생각했던 본래 이상의 힘을 낸다.

아무리 단련된 병사라 할지라도 목숨을 걸고 죽창과 통나무, 괭이, 망치, 식칼 등을 휘두르는 수십 명의 평민에게 포위되면 이길 수가 없었다.

도망.

딱히 전쟁에서 이기든 지든 자신들의 처지와 별 상관이 없는 하급 병사들은 곧장 도주하기 시작했다.

전쟁에서 지더라도 살아서 가족의 품으로 돌아갈 것인가. 아니면 다른 나라에서 평민들에게 맞아 서서히 죽어갈 것인가.

둘 중 무엇을 택할지는 고민할 것까지도 없다.

그렇게 해서 승패가 결정되었다…….

*　　*

"……그렇게 해서 격전 끝에 저희 영군은 전멸했고 끝까지 적과 싸우다가 살아남은 자들을 데리고, 이렇게 국군의 영지 탈환을 부탁드리고자 서둘러 달려온 것이옵니다!"

왕궁 알현실에서 뜻밖의 긴급 보고가 이루어지고 있었다. 보고자는 아르반 제국과 국경이 접한 남작가의 영주 알레이멘 남작이었다. 그 뒤에는 영군 사관인 남동생과 분가 출신 두 명이 서 있었다.

보고에는 남작과 가신들이 영지를 지키기 위해 대활약을 펼친 것으로 되어 있었다.

그런데 보고를 받은 국왕의 표정이 미묘했다.

놀란 것 같지도, 화난 것 같지도, 감동한 것 같지도, 당황한 것 같지도 않은 듯한 얼굴.

예상과 전혀 다른 국왕의 반응에 알레이멘 남작은 심히 당황했다.

"폐, 폐하, 저기……."

국왕이 아무 말도 하지 않자, 마침내 참지 못한 남작이 입을 뗐을 때.

"그러니까 영군은 전멸했고 남작령을 빼앗겼다, 그 소리인가?"

국왕이 표정 없는 얼굴로 그렇게 물었다.

"네, 네에! 당장 국군의 영지 탈환을 부탁드리고 그게 안 된다면 나라를 지키기 위해 열심히 싸운 대가로 다른 영지를 하사해 주십사……."

뻔뻔한 부탁이었지만 전례가 없는 것은 아니었다.

승작(陞爵)이나, 큰 공적을 세운 자가 더 좋은 영지로 옮기는…… 이른바 영지 바꾸기는 그리 드물지 않았다.

사력을 다해 적과 싸운 끝에 영지를 잃어버린 자에게 국왕의 직할령이나 대관이 관리하는 빈 영지를 하사한 역사도 있었다.

상당한 분전을 치르고 용맹을 떨친 사람의 이야기니, 자주 있는 일은 아니었지만…….

또 선조 대대로 지켜온 영지와 영민들을 떠나는 것이 내키지 않아, 보상으로 준 다른 영지를 마다하는 자도 적지 않았다.

물론 패전의 벌로, 더 안 좋은 영지에 간 사람도 있었지만.

"흠…… 그럼 지금 알레이멘 남작령은 이미 적의 손에 넘어가 없어졌고, 영군도 다 죽었다는 것인가……."

국왕이 조금 전과 같은 의미의 말을 반복해서 중얼거리자, 남작은 폐하가 너무 놀란 나머지 잠시 얼어붙었을 뿐이라는 생각에 안도의 한숨을 내쉬었다. 하지만…….

"그럼 지금 그곳은 그대의 영지가 아니고, 그곳을 지키고 있는 병사들 역시 그대의 영군이 아니라는 뜻이겠구나. 잘 알겠다. 이 시각 부로 잃어버린 알레이멘 남작령은 소멸하였다고 보고, 알레이멘 남작의 영주 권한을 거두겠노라. 아울러 전멸한 영군을 대신해 자신의 군사를 이끌고 침략군을 물리쳐 왕국의 영토를 넓힌 젊은 귀족에게 그 새로운 영지를 하사하노라. ……이름이 켈빈이라고 했었나?"

"예. 켈빈 폰 벨리엄, 벨리엄 남작가의 다섯째 아들이옵니다."

옆에 있던 재상이 대답했다.

"앗! 그, 그것이 아니오라……."

알레이멘 남작 경악해서 눈을 커다랗게 뜨고 허둥지둥 변명하려 했으나, 변명의 여지가 없었다.

자기 입으로 똑똑히 '끝까지 적과 싸우고 영군이 전멸했다'며 국왕에게 보고했으니, 이제 그 군이 자기 영군이며 적을 물리친 게 자신의 공이라 주장할 순 없었다. 그랬다간 국왕에게 허위 보고를 올린 셈이 될 테니까. 아울러 결과도 보지 않고 도망쳤다고 자백하는 거나 마찬가지다.

반역죄는 아니지만, 적을 앞에 두고 도망친 건 영주로서, 그리고 귀족으로서 의무를 불이행했다는 의미였다. 게다가 허위 보고까지.

군사 행동에 관한 중대 사항을 국왕에게 허위로 보고하는 것은 중죄 중의 중죄다. 멸문은 말할 것도 없고 관계자 모두 참수형을 면치 못한다.

국왕은 시치미 떼고 모르는 척, 의미를 곡해하고 있었지만, 그 말을 부정하는 것은 말 그대로 '자살 행위'였다.

"윽…… 아……."

입만 뻐끔거리면서 끙끙 앓는 소리만 내는 알레이멘 남작에게 국왕이 차가운 목소리로 고했다.

"참으로 어리석구나. 짐이 모를 줄 알았더냐? 일찌감치 파발마로 소식을 전해 들었다. 그대들이 미성년 사관후보생을 억지로 사관 자리에 올리고 전부 떠넘기고는 전쟁이 발발하기도 전에 달아났다는 사실도, 마차에 금품을 가득 싣고 떠났다는 것도 전부. 오히려 마차가 너무 무거워서 이렇게 늦게 도착한 거겠지. 사재도 모자라 영지 운영비까지 전부 빼 왔으니 그럴 수밖에. 편지에 그것들을 영지로 반환해달라고 적혀 있었다. 영지 운영비는 물론이고 사유재산까지 전부 몰수하여, 전쟁으로 황폐해진 영지의 부흥을 위한 예산에 넣을 것이다. 그리고 당연히……."

국왕은 알레이멘 남작을 노려보며 선고했다.

"알레이멘 남작가와 그 분가 등 일족 모두 귀족 자격을 박탈한다. 또한, 당주의 3촌에 해당하는 자까지 국외로 추방한다. 이 나라에 영민을 버리고 도망치는 귀족은 필요 없다. 제국이든, 어디든 가거라! 그대가 지은 죄를 생각하면 목을 베어야 마땅하나, 지금까지 국경을 지켜온 그대의 선조들을 기억하여 특별히 배려한 것이니 불만이 있어선 아니 될 것이다. 그리고 이 이상의 온정은 절대 없을 것이다. 만약 불복한다면 여지없이 참수할 것이다. ……하고 싶은 말 있느냐."

귀족 자격을 박탈당하고 나라에서 쫓겨난 빈털터리 전 귀족의 앞날이야 뻔하다.

하지만 참수형에 비하면 여신의 자비인가 싶을 정도의 온정이었다.

 그래서 알레이멘 남작은 그저 말없이 몸을 납작 엎드릴 뿐이었다…….

 알레이멘 남작 일행이 물러간 후.

 "그나저나 설마 여기서 그 이름이 나올 줄이야…….."

 "네, 설마 A. A의 이름을 들을 줄은 꿈에도 몰랐습니다. 역시 매개체로 삼고 있는 소녀의 모국을 위해 여신이 힘을…….."

 재상의 말에 고개를 마구 끄덕이는 국왕.

 "그래. 보고에는 아델 폰 아스컴……, 코드네임『A. A』의 도움을 받았다고 되어 있었지만 아마도 그건『A. A』의 의식을 빼앗고 몸을 조작한 여신의 소행…… 아니 그런데 왜 짐의 머릿속에는 여신이 아니라 악마의 이미지가 떠오르는 건가?"

 "안심하십시오, 폐하. 저도 마찬가지니까요…….."

 무얼 안심하라는 건지 하나도 모르겠지만 재상의 맞장구에 국왕은 고개를 끄덕였다.

 "그래, 역시 그렇구나! 짐이 정상이었구나! ……그런데 설마 이 나라에 있었을 줄이야……. 아, 아니, 그곳은 국경 바로 근처니까 다른 나라에 있다가 돌아왔을 가능성도 있나. 이랬든 저랬든…….."

 "네, 여신이 깃든 매개체, 신의 사자인 소녀『A. A』는 다시 이 나라에!"

"하하……."

"후후후……."

""아하하하하하!""

켈빈 앞에서 사라질 때, 멋있는 한마디를 생각하는 데에만 집중하는 바람에 자신에 대해 말하지 말라고 입단속 하는 것을 잊어버린 마일.

……치명상이었다.

그래도 켈빈이 그녀의 이름을 알고 있고, 정체를 알면서 굳이 길드에 가서 이름을 물어볼 리 없으므로 그 이름은 A. A, 즉 '아델 폰 아스컴'이고 '마일'이라는 이름이 노출될 일은 없었다.

무엇보다도 의도를 알 수 없는 헌터의 개인정보 개시 요구는, 아무리 왕족의 부탁이 있었다고 해도 길드가 따를 리 없겠지만…….

그리하여 국왕의 착각으로 마일의 여행은 즉사를 피할 수 있었다.

그렇다, 『다행이야, 치명상으로 끝나서……』였다.

어디가 '다행인지'는 모르겠지만…….

*　　*

켈빈의 아버지 벨리엄 남작은 왕궁의 사자가 건네준 서한을 무표정으로 읽고 있었다.

"……알겠습니다. 잠시만 기다려 주십시오……."

그렇다, 이런 소식을 전하러 온 사자에게는 간단한 선물을 주고 보내는 것이 관습이었고, 당연히 이 사자도 그것을 기대하고 있었다.

하지만 남작이 무표정이었기 때문에 역시 서자의 소식은 언짢은 건가 싶어서 별로 좋은 선물을 못 받겠구나, 하고 사자는 낙담하고 있었다.

선물로 현금을 주는 것은 너무 노골적이므로 쉽게 돈으로 바꿀수 있는 그림이나 미술품, 순은으로 된 식기 세트 등 당장 그 자리에서는 가치를 알기 어려운 것을 주로 선물한다. ……다시 말하자면 주는 자의 마음에 달렸다는 뜻이다.

선물을 받은 사자가 돌아가자 남작은 혼자 자기 방에 들어가, ……아끼던 와인을 땄다.

방에서 들려오는 남작의 기쁜 웃음소리에 온 가족들은 이상하다는 표정을 지었다.

그리고 선물 받은 미술품을 감정받으러 간 사자 역시 일반적인 선물의 시세보다 다섯 배 가까이 높은 가격이 나오자 뛸 듯이 기뻐했다…….

한편 전쟁의 사후 처리로 바쁘게 일하던 켈빈은 왕궁에서 온 소식을 받고 정신이 멍해졌다.

『켈빈 폰 벨리엄을 남작위로 서위한다. 자세한 식전에 관해서는──』

"……내가 왜……?"

제95장   여동생

"이제 좀 한숨 돌리겠네……."

"그러게요……."

레나의 중얼거림에 동의하는 폴린. 마일과 메비스도 공감했다.

서쪽으로 가는 여행 그리고 동쪽 여행.

신세 졌던 '여신의 종'의 방문과 제국 여행.

줄지어 이어진 넘쳐나는 이벤트들.

그리고 이제야 '평범한 C등급 파티'로서, 본거지에서의 활동이
재개되었다.

"평범하다는 건, 좋은 거네요……."

""""뭐?""""

대수롭지 않다는 듯 중얼거린 마일의 말에 '얘, 지금 뭐라는 거
야?' 하고 수상쩍은 시선을 보내는 레나, 메비스, 폴린이었다…….

"아무튼, 이렇게 해서 여행은 대충 마무리됐어. 당분간은 왕도
를 거점으로 활동하면서 B등급을 노리자!"

""""하앗!""""

그렇게 말하며 의뢰 보드 옆에서 기세를 끌어올리는 네 사람.
그리고 그 모습을 따뜻한 시선으로 지켜보는 길드 직원과 헌터들
이었다.

길드 직원은 신진기예에 기대를 가득 담아. 그리고 헌터들은 어릴 적을 떠올리며 살짝 감상에 젖어…….

여하튼 '붉은 맹세'는 왕도 지부에서 현재 가장 주목받는 파티이자 기대되는 신인이었다. 헌터 동료들에게도 길드 직원들에게도 ……그리고 다른 사람들에게 있어서도…….

"그래서 말이죠, 우리 이제 슬슬 『신인』이라든지 『신출내기』라고 자칭하는 거, 그만두지 않을래요?"

"""뭐?"""

갑작스러운 마일의 말에 깜짝 놀라는 레나 삼인방.

"아니, 우리, 헌터 양성 학교를 졸업하고 C등급이 된 지 벌써 일 년 넘게 지났잖아요? 수행 여행도 경험해봤고……. 그리고 메비스 씨랑 폴린 씨는 양성 학교에 들어갔을 때 F등급으로 헌터 등록을 했지만, 레나 씨는 그 이전부터 헌터를 하고 있어서 E등급이었고 저도 F등급이었고……. 애당초 F등급이라든가, 그 이상의 등급이었지만 스킵 신청으로 헌터가 갓 된 거라면 또 모를까, 양성 학교에서 반년간 제대로 교육받은 후에 또 1년 넘게 지난 C등급 헌터가 『신인』이라는 둥 『신출내기』 같은 표현을 쓰면 진짜 신인들이 설 자리가 없지 않나 싶어서요……."

마일의 말을 듣고 있던 다른 헌터와 길드 직원들이 고개를 마구 끄덕였다.

그렇다, 이들이 '신인'이라든지 '신출내기'라고 자칭하면 후배는 물론 그녀들보다 실력 면에서 뒤처지는 선배 헌터들도 입장이 말이 아니었다. 그래서 그녀들이 중견 헌터라고 나와 주는 것은 모두에게도 고마운 일이었다.

"듣고 보니 그렇긴 하네…… 늘 지나치게 겸손 떠는 네가 하는 말이어서 더 설득력이 있는 것 같아. 그럼 앞으로는 평범하게 『C 등급 파티』라고만 소개할까?"

"네, 그게 좋을 것 같아요."

"나도 찬성. 의뢰주도 『갓 데뷔한 신인이에요』 하고 나오면 불안하기도 할 테니. 또 신인이라는 게 면죄부가 되는 시기는 이미 지나갔고…… 아니, 양성 학교를 나와서 C등급이 된 우리에게는 처음부터 그런 면죄부를 쓸 자격이 없었지."

레나, 폴린 그리고 메비스도 마일의 의견에 찬성했다.

그리하여 지금, 이 순간부터 '붉은 맹세'는 신인 딱지를 떼기로 했다.

"이제 우리는 지극히 평범한, 흔한 헌터 중에서 제일 인원이 많은 C등급 파티 중 하나에 지나지 않아요……."

마일이 기쁜 듯이 한 말에 다른 헌터와 길드 직원들이 전력을 다해 고개를 흔들었다.

……물론 세로가 아니라 가로로.

(((((((그건 아니지 아니지 아니지 아니지!)))))))

*　　*

본거지로 돌아와 지극히 평범한 헌터로 일을 시작한 '붉은 맹세'는 호위 의뢰를 받아 근교 도시에 갔다가 돌아오는 길이었다.

자기 도시로 돌아가는 상단의 의뢰로 편도 보수밖에 나오지 않았기 때문에 돌아오는 길은 무급으로 걸어와야 한다는 조건이 싫어 수주하는 파티가 없자 곤란을 겪고 있던 상단을 보다 못해 자원봉사 같은 느낌으로 받아들인 일이었다.

마일 일행은 성가시기만 하고 큰 돈벌이가 되지 않는 헌터 양성학교 졸업 검정 일을 받은 '미스릴의 포효'라든지, 마찬가지로 위험도와 보수액의 균형이 맞지 않는 마물 퇴치, 드워프 마을에 가는 상단 호위 등을 받은 '사신의 이상향'과 '불꽃 우정' 같은 파티, 즉 이 세계랄까 이 근방 나라의 감성으로는 '바보' 같은 파티가 싫지 않았고, 자신들이 그런 취급을 받아도 전혀 개의치 않았다.

그건 과연, 마일의 언동이나 '일본 전래 허풍동화'의 영향 때문일까 아니면 원래부터 그런 기질이 있어서일까…….

물론 돌아오는 길에는 주요 가도에서 벗어나 숲을 통과하며 채취, 수렵을 하므로 '붉은 맹세'는 일반 의뢰를 하는 것이나 다름없는 돈벌이가 되긴 했지만.

아니, 오히려 다른 사람들이 사냥과 채취를 하지 않는 곳을 지나가기 때문에 평소보다 실질적 수입은 훨씬 좋았다.

다른 헌터들은 먼 곳에 나가 사냥과 채취를 하면 도시까지 운반하기 어렵고 신선도가 떨어져 가격이 곤두박질치기 때문에 근처 숲에서 하는 사냥에 비해 힘만 들고 실질적 수입은 훨씬 나빠진다는 문제점이 있다.

……수납마법(아이템 박스), 반칙이었다…….

이제 이것만 있으면 일상생활에 어려움은 없으리라.

애당초 이 수납마법(아이템 박스)이 있으면 귀족과 왕족, 대상인들에게 고용되어 편안한 생활을 보낼 수 있다. 그런데 왜 헌터 같은 위험한 밑바닥 직업을 하는 걸까⋯⋯.

뭐, 이 수납마법(아이템 박스)의 용량과 내용물이 상하지 않는다는 성능을 알면 마일이 바라는 '평범한 행복'과 연이 먼 인생이 기다리고 있을 테니, 어쩔 수 없는 건지도 모르지만⋯⋯.

*　　*

"⋯⋯어라, 이런 곳에 마을이⋯⋯."

마일 일행이 소재 채취를 하러 가도를 벗어나 사람이 올 것 같지 않은 숲속을 걷고 있는데 작은, 정말 작은 집락이 나타났다.

"슬슬 야영할까 생각했는데, 마을을 코앞에 두고 하기도 좀 그러니까. 어쩔 수 없네, 조금만 더 가보자."

보통 헌터라면 야영하려고 할 때 우연히 근처에 마을이 있을 때는 헛간을 빌려 자기도 하고 제대로 된 식사를 한다.

마물과 짐승을 경계하면서 바람을 맞아가며 맨땅에 누워 잠을 청하는 것에 비해 안전한 실내에서 짚과 마른풀을 깔고 자는 것은 큰 차이가 있다. 게다가 따끈따끈하고 영양가 있는 저녁까지.

물론 값을 치르니 헌터와 마을 사람 양쪽 다 이득이었다.

⋯⋯단, '붉은 맹세'는 빼고.

마일의 요리와 바위로 만든 휴대용 요새(要塞) 화장실, 그리고 이미 완성된 대형 텐트와 간이침대를 들고 다니는 '붉은 맹세'는 자기들끼리 야영하는 편이 훨씬 쾌적하고 편했다.

그런 '붉은 맹세'가 마을 근처에서 야영한다면 마을 사람들의 의심을 살 것은 확실했다.

그래서 마을 근처에서 야영하는 건 최대한 피하고 있었다.

"그래요, 2~3km 정도는 좀 더 떨어질까요?"

마일이 레나의 의견에 찬성했고, 메비스와 폴린도 고개를 끄덕였다.

"그럼 조금만 더……."

"꺄아아악!"

"……상황이 바뀌었습니다."

급할 때 시간을 낭비하는 사람은 없다. 마일의 말에 고개를 끄덕인 모두는 일제히 소리가 난 방향으로 달려갔다. ……목소리가 아직 어린 소녀였기에.

이게 만약 아저씨의 비명이었대도 절대 무시하지는 않겠지만, 좀 더 차분하게 움직였을 가능성은 부정할 수 없었다. 특히 아저씨의 '꺄아악!' 하는 비명이었다면…….

아무튼, 이번에는 어린 소녀의 비명이었기에 문제없었다.

……아니, 비명이 들렸다는 것 자체는 큰 문제지만 말이다…….

"무슨 일이죠?!"

네 명 중에 가장 먼저 도착한 사람은 다리가 제일 긴, 그러니까 보폭이 가장 큰 메비스……가 아니라, 마일이었다.

이상할 것은 하나도 없었다. 어쨌든 어린 소녀가 도움을 요청한 거니까…….

"도, 도, 도와주…….'

그리고 도움을 청하는 소녀를 본 순간.

"케, 케이코!"

찌릿!

소녀의 팔을 붙잡은 남자와 그 일당으로 보이는 자들을 노려본 마일. 그리고…….

마일의 얼굴에서 표정이 사라졌다. ……뿡뿡, 하는 평소 화낼 때의 제1단계를 생략한, 갑작스러운 제2단계였다.

그런 후 눈은 하나도 웃지 않은 채로 미소 지었다. ……제3단계였다.

분노로 얼굴이 일그러졌다. ……제4단계, 즉, 최종 형태다.

"죽어어어어~~!"

케이코.

……그것은 마일의 전생(前世)인 쿠리하라 미사토의 여동생 이름이었다…….

검을 휘두르며 돌진하는, 악당 같은 형상의 마일.

이어서 마찬가지로 검을 뽑은 메비스와 그 뒤에서 공격마법으로 보이는 주문을 읊기 시작하는 레나와 폴린.

……도망쳤다.

소녀의 팔을 잡고 있던 남자가 얼른 손을 놓고 부리나케 달아났고, 다른 자들도 그 뒤를 이었다. 달아나는 뽈토끼 마냥…….

뒤쫓아가 때리고 베거나 공격마법을 쏘는 건 어렵지 않지만, 사정도 확인하지 않고 손을 댔다가 조금…… 아주 조금 '과했을' 경우 일이 커질 수도 있다. 알고 보면 소녀 쪽이 범죄자였다거나 연인들의 사랑싸움이었다거나…….

아니, 그럴 확률은 상당히 낮았지만, 상대를 손봐주는 일이야 언제든 할 수 있으니까.

인구가 밀집한 것도 아닌 이런 외딴곳이니 마일의 탐색 마법을 쓰면 찾는 것은 식은 죽 먹기였다.

게다가 만약 그들이 단순히 지나가던 길에 강제로 치근덕거린 건달들이 아니라면 어차피 조만간 다시 이 마을에 접근할 것이다. 그때 '확' 손봐주면 그만이었다.

뭐, 열 살배기 어린 소녀한테 치근덕거리는 아저씨는 별로 없을 듯하지만.

……참고로 현대 일본에서 '유녀(幼女)'의 정의는 '초등학교 입학 전인 어린 여자아이'가 주류인 듯하지만, 마일은 좀 더 위까지 범위에 넣고 있었다.

*　　*

"……그렇게 된 거예요…….."

마일 일행이 구해준 열 살배기 여자아이의 이야기에 따르면 아무래도 소녀를 끌고 가려 한 놈들은 마을에 자주 와서 금품을 갈취하는 작자들 같았다.

처음에는 사람을 죽이거나 크게 다치게 만드는 무모한 짓은 하지 않고, 약간의 폭력과 절도, 강탈 등이 전부였다고 한다.

그런데 이런 작은 마을에 그런 자들에게 줄 만한 식량이 있을 리가 없다. 아니, 설령 있다고 하더라도 그들에게 줄 이유가 없었고, 그들 또한 아슬아슬한 식량으로 만족할 리 없었다. 식량, 술, 돈…… 그리고 여자. 그들의 요구사항은 점점 많아졌고…….

마침내 참다못한 마을 사람들은 그들을 거부하기 시작했고, 그들은 소녀를 끌고 가려고 했다는…….

아마 인질로 삼아 이것저것 요구할 작정이었으리라. 혹은 위법 노예로 팔아넘기려 했을 가능성도 있다.

"그건 그냥 도적이잖아! 왜 처음에 제대로 대처하지 않은 거야!"

레나가 그렇게 따졌지만, 이런 어린아이에게 말해봐야 무슨 소용인가. 어른들에게 말해야지…….

그때 마일이 짝하고 손뼉을 쳤다.

"그거예요, 그거, 『삶은 개구리 이론』! 뜨거운 물에 던져 넣은 개구리는 바로 도망치지만, 물과 개구리를 넣은 냄비를 불에 올리고 서서히 온도를 높이면 도망칠 타이밍을 놓쳐서 죽어버린다는! ……아니, 경제학 같은 데서 쓰는 비유지 실제로는 물론 도망치겠지만요, 개구리…….."

마일은 아직 혼란스러운 상태에서 완전히 돌아오지는 못했지만, 겨우 소녀의 이야기를 듣고 분석 가능한 정도까지는 된 듯했다.

조금 전에 마일이 평소답지 않게 동요하고 욱한 데에는 물론 이유가 있었다.

"그렇구나, 처음에는 그냥 가볍게 등쳐먹는 정도여서 영주에게 울며 매달리거나 거금을 주고 길드에 의뢰할 만큼의 일은 아니라고 생각했는데, 점점 상황이 악화했다는 건가……."

"원래 도적인데 처음에는 악당이 아닌 척했을 뿐이라던가?"

아무래도 메비스와 폴린도 이해한 듯했다.

그리고 지금까지는 아이에게 손댄 적이 없었는데 열 살 전후의 소녀를 끌고 가려고 했다는 것은 아마도 슬슬 '수확', 그러니까 몽땅 빼앗고 다음 마을로 이동할 생각이었으리라. 그래서 마을을 덮쳐 식량과 현금, 그밖에 돈이 될 만한 것을 싹쓸이하고 방해되는 마을 사람은 모조리 죽이려는…….

다음 표적이 된 마을 사람들은 '아아, 건달이 들어오긴 했지만, 그 마을처럼 갑자기 습격해서 모두 죽이는 극악 도적단이 아니어서 다행이야……' 하고 생각하겠지.

그리고 똑같은 일의 반복.

흔히 있는 일이었다.

그리고 마을 사람들이 지금 상황에 안일하게 대처해서 저항하지도, 영주에게 도움을 청하지도, 헌터 길드나 용병 길드에 의뢰하지도 않는다면 '붉은 맹세'와는 상관없는 이야기였다.

아무리 '붉은 맹세' 멤버들이 착하다지만 모든 일에는 한계가 있는 법이다.

스스로 일어서려고 하지 않고, 도움을 청하지도 않고, 그저 언젠가는 누가 도와주겠지 하고 계속 기다리기만 하는 것. ……그것은 시쳇말로 '여신이 구할 가치가 없는 자들'이었다.

그래서 당연히 '붉은 맹세'도 그리고 아무리 착하다고는 하나 천하의 마일도…….

"도와주자고요!"

"""역시…….""""

그렇다, 당연한 일이었다.

소녀가 마음을 가라앉히고 사정을 설명해 줄 때까지 상당한 시간이 걸리긴 했지만, 그건 소녀 이상으로 마일이 착란 상태에 빠져 소란을 부렸기 때문이기도 했다.

케이코, 네가 왜 여기에!

어린 소녀를 구하고 죽어버린 거니?

우리 둘 다 죽으면 아빠 엄마는…….

등등, 소녀의 어깨를 움켜쥐고 마구 흔들면서 레나 일행은 이해할 수 없는 말을 외쳐 대서 사태를 수습하는 데 애를 먹었다.

다 함께 마일을 겨우 소녀에게서 떼어내 진정시킨 후 사정을 확인하자, 소녀가 마일이 아는 사람(무척 소중한 사람인 듯)을 쏙 빼닮아서 그 사람인 줄 알고 당황했다고 대답했다.

……그런데 만약 전생한 것이라면 외모가 달라져야 하는 것 아닌가?

실제로 마일도 전생과 다른 모습이었다. 그러니 외모가 조금 닮았다지만, 인종 자체가 다른데 왜 마일이 그런 착각을 한 걸까.

마음을 가라앉히고 차분히 살펴보니 외모도 그렇게까지 닮은 것은 아니었고 점 위치도 달랐으며 생김새와 피부 색깔, 머리카락과 눈동자 색깔도 다 달랐다.

……하지만 왠지, '전체적으로 풍기는 기운이랄까 분위기랄까 느낌' 같은 게 몹시 닮았다.

어렸던 시절의 케이코.

그렇다, 자기 언니에게 하자가 있다는 걸 모르고 미인에 다정하고 머리 좋은, 자랑스러운 언니라고 여기고 따르던 시절의 귀여운 여동생의 분위기가 그대로 묻어났다.

"그때는 참 행복했었죠……. 그 후로 언니 포지션을 잃을 때까지는……."

"왜 갑자기 울어?!"

그리고 영문을 몰라 당황하는 레나 일행이었다…….

뭐, 여하튼 그리하여 세 멤버는 마일이 이 소녀에게 완전히 정신이 빼앗겨 버렸다는 사실을 알게 되었다. 마일이 도와주겠다는 이야기를 꺼낼 것도.

"어쩔 수 없지……. 그럼 일단 아이를 집까지 바래다주자."

마을 주변이 전부 숲이라고는 하지만, 아무래도 마을 바로 근처에는 산나물과 약초가 동이 난 모양이라, 소녀는 어쩔 수 없이 마을에서 조금 떨어진 곳까지 나와 있었다고 했다.

조금 떨어진 곳이라고 해도 걸어서 10분 남짓이었지만, 혹시 모르니 일단 소녀를 마을까지 바래다주기로 했다. 조금 전 그놈들이 기다리고 있을 가능성도 전혀 없지는 않으니까.

그리고 어차피 마일은 소녀를 혼자 보낼 생각이 없었으니 여기서 헤어진다는 선택지는 없는 거나 마찬가지였다.

＊　　＊

"네, 뭐라고요?! 아이고, 우리 딸이 큰일 날 뻔했는데, 정말 감사합니다!!"

집으로 소녀……, 메리리나를 바래다주고 그 부모로부터 감사 인사를 받은 '붉은 맹세' 멤버들.

뭐, 그도 그렇겠지. 자칫 잘못했으면 농락당한 끝에 어딘가로 팔려 갔을지도 모르니까.

하지만 너무 과하게 몇 번이나 고개를 숙이면 마음이 불편해지는 법이다.

"그럼 저희는 이만……."

불량배들이 찍혔을지도 모르니 당분간은 메리리나에게서 눈을 떼지 말고 절대 혼자 집 밖으로 나가지 않도록 조심하라고 부모에게 일러준 다음 이만 떠나려고 하는 레나 일행이었는데…….

"아니, 그럴 수는 없지요! 이미 날도 어두워졌으니 오늘 밤은 꼭 집에서 묵고 가십시오!"

아버지가 그렇게 권했는데, 솔직히 말해서 '붉은 맹세'는 낯선 사람의 좁은 집에서 갑갑하게 있는 것보다는 늘 쓰는 텐트와 침대로 쾌적하게 지내는 게 훨씬 좋았다.

게다가 목욕이야 참을 수 있지만 인제 와서 시골의 재래식 화장실을 쓰는 것은 내키지 않았다. 마일이 만든 쾌적한 화장실에 익숙해져 버린 몸으로는 여인숙의 화장실조차도 고통스럽건만, 이런 곳의 화장실은 좀……

사람, 한 번 맛본 호사와 쾌적함은 두 번 다시 버릴 수 없는 법이다.

……그렇다, 수납마법(아이템 박스)도, 맛있는 요리도, 휴대식 요새 화장실도, 그리고 휴대식 요새 욕실도…….

물론 '휴대식'이라고 했어도 가지고 다니는 사람은 마일뿐이었지만.

그리하여 메리리나의 집에서 머무는 것은 사양하고 대신 집 옆의 공터에 텐트 치는 것을 허락받은 마일 일행.

곧바로 아이템 박스에서 텐트, 화장실, 욕실을 꺼내 설치했다.

……'욕조'가 아니라 '욕실'이었다.

탈의실도 딸려 있어 훔쳐보기 방지에 전력을 기울였다. 물론 화장실도.

'요새 욕실', '요새 화장실'이라는 이름은 괜히 붙인 게 아니었다. 오크 무리와 싸우던 도중에 신호가 와서 가도 안심하고 쓸 수 있을 정도였다.

한편 입욕과 취침 전에 해야 할 일이 있다.

……화장실은 아니다.

아니, 물론 자기 전에는 화장실도 다녀와야 하지만…….

당연히 식사다. 그리고 그러기 위한 조리.

피곤할 때, 시간이 없을 때는 미리 만들어둔 것을 꺼내 먹지만 (미리 만들어둔 것이라고 해도 갓 만든 것처럼 따끈따끈하다), 그렇지 않을 때는 매번 그 자리에서 직접 요리한다.

맛이 잘 베이도록 절인 고기 등은 '이미 되어 있는 것'을 쓰지만, 그 정도는 요리 방송에서도 하니까.

마일 일행이 텐트 앞에 설치한 간이 아궁이로 고기를 굽기 시작하자…….

"맛있는 냄새가…….'"

그렇게 말하며 휘청휘청 집 밖으로 나온 메리리나.

"피~~~~쉬!"

"……너, 일부러 바람 부는 쪽에 아궁이를 설치하고 일부러 소스를 태우나 싶더니…….'"

소리치는 마일의 꿍꿍이를 알아차리고 진심으로 황당해하는 레나.

메비스와 폴린은 가볍게 어깨를 으쓱할 뿐이었다.

……익숙했다.

그저 그것뿐이었다.

"자자, 먹어, 어서 먹어!"

"……그래도 돼?'"

메리리나가 조심조심 물었지만, 되고 자시고 그것이 마일의 의
도였으니 문제없었다.

"먹어 먹어, 고기, 먹어!"

"""…………."""

여느 때와 다름없는 마일이었다…….

주뼛주뼛, 건네받은 접시 위에 놓인 소스 발린 불고기를 먹는
메리리나.

"맛있어!"

이어서 집마다 나온 아이들과 그 뒤를 잇는 어른들.

좋은 냄새가 풍겨 문틈으로 상황을 살피던 아이들이 메리리나
가 너무나 맛있게 불고기를 먹으며 환호성을 지르는 모습을 보자
제각기 뛰쳐나오는 바람에 부모들이 당황하며 뒤쫓아 온 듯했다.

"다들 먹어도 돼! 물론 무료야~!"

마일의 말에 아이들 사이에 환호성이 터졌다.

"다만 무료인 건 아이들만입니다! 어른들은 유료예요!"

이어서 나온 폴린의 말에 대놓고 실망하는 어른들.

당연하다. 왜 아무 상관도 없는 마을 사람들에게 공짜로 요리
를 줘야 하는가.

그야 아이들에게도 그냥 줄 이유는 없지만, 평소에 많은 도움
이 되고 또 웬만해서는 제멋대로 굴지 않는 마일이 강하게 원하
는 만큼 그 정도는 허용 범위에 들어갔다. ……그리고 레나 일행

도 원래 아이를 좋아했다.

하지만 천하의 마일마저도 어른까지 공짜로 먹이를 주고 길들일 생각은 조금도 없었다.

마일의 목적은 딱히 아이들에게 요리를 대접하는 게 아니었다. 그건 어디까지나 '수단'에 지나지 않았다.

그렇다, 마일의 진짜 목적은 아이들에게 둘러싸이는 것이었다. 전생에서 하지 못했던 것, 맛보지 못했던 것을 이번에야말로 만끽하기 위하여……

미사토로 죽은 것은 열여덟 살 때였는데, 미사토는 네다섯 살 무렵부터 이미 주위로부터 특별 취급을 받았기 때문에 마일이 되찾고 싶은 것은 네다섯 살 이후의 '즐거운 어린 시절의 생활'이었고 마일이 어린 소녀들과의 놀이에 집착하는 것은 그런 이유 때문이었다.

……물론 17~18년의 몫까지 전부 되찾을 생각이긴 하지만 그건 현재의 자신이 그 나이가 된 후에 해도 된다.

그리하여 지금의 마일은 4~5살에서 12~13세 무렵의 아이와 노는 데 필사적이었다. 특히 어린 소녀는 지금이 아니면 놀 수 없으니까……

천하의 마일도 17~18세가 되고 나서 어린 소녀와 노는 건 좀 문제가 있다고 생각할 만한 상식은 있는 듯했다.

아니, 그 나이가 되어서도 '어린 소녀를 돌봐주는 것'은 괜찮을지도 모른다. 하지만 '진심으로 같이 노는 것'은 완전히 아웃이겠지……

"엥, 메리리나 짱, 언니가 있었어?"

"응, 미인이고 부지런한데 좀 어리바리해서 내가 챙겨주지 않으면 안 되는 고물 언니였지만……."

"윽!"

무슨 영문인지 가슴을 누르며 고통스러운 표정을 짓는 마일.

"……『였지만』?"

마일이 동요해서 놓친 말을 똑똑히 들은 메비스가 그렇게 묻자…….

"응, 뭔가에 놀란 짐마차 말이 폭주하는 바람에. 아이를 구하려다가 그만……."

"으윽!"

"앗, 쓰러졌다……."

하지만 별로 위급한 병이 아니라는 것을 다 알았기 때문에 모두에게 그대로 무시당하는 마일.

"언니가 죽은 후에 기운을 차리지 못하는 아버지 어머니를 돌보느라 정말 정말, 힘든 나날을……."

움찔움찔!

"왜 네가 그렇게 타격받는 거야……."

왜 그러는지 땅에 누워 몸을 떠는 마일을 이상하다는 듯 쳐다보는 레나 일행.

그리고 쓰러진 채로 죄송해요, 죄송해요, 하고 목 놓아 우는 마

일이었다…….

"언니~, 고기가 모자라!"

아이들은 전혀 분위기 파악을 못 하고 마일에게 고기를 더 달라고 요구했다.

아이들은 잔인한 법이다…….

어쩔 수 없이 마일이 일어나 요리를 보충하고 있는데, 메리리나가 다른 아이들을 돌봐주기 시작했다.

"앗, 릴레이, 옷에 소스 묻었잖아! 이리로 와봐……. 아앗, 안세르나, 또 머리카락이 이상하게……."

그리고 다시 굳어버린 마일.

"아아아아, 케이코랑 너무 똑같다고요오오오오오!"

＊　　＊

"자꾸 그렇게 꼴사납게 굴지 말라고!"

"죄송해요……."

임시 개최였던 아이들과의 식사회가 끝나고 뒷정리를 마친 후 텐트에 들어간 '붉은 맹세'. 그리고 마일은 레나에게 잔소리를 들었다.

"그런데 마일의 여동생은 친할아버지가 맡았다고 하지 않았어?"

"아……."

그렇다. 마일이 '여동생'이라고 말하면 그건 후처의 자식으로 새 여동생, 그리고 사실은 아버지가 바람피워 낳은 딸이어서 친여동생이긴 한 프리시를 가리킨다. 메비스 일행에게 '프리시'라는 이름까지는 알려주지 않았어도, 대략적인 이야기는 들려준 적 있었다.

"여, 여동생이라고 한 건 이웃 여자애를 말한 거예요! 그 뭐냐, 메비스 씨도 졸졸 따라다니는 여자애들이 그렇게 부르잖아요? 『언니……』하고!"

"윽!"

그 말을 들으니 반박할 수 없는 메비스.

아니, 실제로 이웃집 어린 소녀가 "언니" 하고 부르는 것은 자주 있는 일이었고 여동생이라든가 '쁘띠 쉐르(petite soeur)'라든가 여러 가지가 있다. 하나도 이상할 게 없다.

이래저래 위험한 소리를 하는 마일이었지만 아무튼 그 정도 힌트로 마일이 아스컴 자작가 이외의 가족이 있다거나 한 번 죽고 전생했다는 것을 짐작하는 사람은 없었다. 그래서 이번에도 어릴 때 귀여워하던 이웃집 동생(마일은 지금도 미성년자이고 누가 봐도 '아이'였지만)이라고 여기고 가볍게 넘겼다.

……마일의 기행이야 새삼 놀랄 것도 없으니…….

*　　*

아침이 밝았다.

사람들이 잠드는 시간이 되어서야 '허풍동화'를 시작하는 '붉은 맹세'는 아침에 약했기 때문에 길드를 찾는 시간이 늦는 편이었다.

레나는 '우리는 주머니 사정이 나쁜 것도 아니고 난도가 높은 의뢰도 얼마든지 받을 수 있으니까 쉽게 돈을 벌 수 있는 의뢰는 신인에게 양보해야 해!' 하고 주장했는데, '신인'을 자칭하는 것을 그만둔 게 불과 며칠 전의 일이었고 폴린이 돈 되는 의뢰를 다른 파티에 양보하는 것은 있을 수 없었다.

사실은 그냥 밤을 꼴딱 새운 탓에 다들 일찍 일어날 수 없었을 뿐이었지만……

그래도 야영을 했거나 도시 내 여인숙이었다면 별로 눈에 띄지 않는 늦잠과 늦은 출근도 시골에서는 눈에 띈다. 그것도 엄청나게…….

마일 일행이 일어났을 즈음, 마을 사람들은 일찌감치 일어나 아침 작업을 하고 브런치(아침 겸 점심)를 먹으려고 돌아올 때였다.

브런치는 지구의 어느 나라에서는 오전 10시~11시 무렵에 먹는다고 하니, 그에 비하면 다소 빠른 편이라 아침이라고 말해야 할지도 모르겠지만, 이 세계는 보통 1일 2식이므로 '브런치'라고 해도 틀린 말은 아니었다. 마일은 그 부분에 대해서는 깊이 생각하지 않았다.

그리고 마을 사람들은 물론 헌터조차 이런 시간에 일어나는 사람이 별로 없었기 때문에 '붉은 맹세'는 마을 사람들의 주목을 한 몸에 받고 말았다. 아이들도 벌써 일어나 농사일이나 안전한 근교에서 채취, 어린 동생 돌보기 등 자기 할 일을 하고 있었다.

"".............""""

아무래도 레나 일행 역시 조금은 창피했는지 일단 텐트에서 나왔다가 슬금슬금 텐트 안으로 도로 숨었다.

"성실한 마을 사람들이 늦잠 잔 우리를 황당한 눈빛으로 쳐다보는 건 알겠는데…… 아까 우리를 보던 눈, 좀 이상한 느낌이 들지 않았나요?"

그렇다, 마일의 말대로 아이들은 평범하게 황당한 눈빛으로 보고 있었는데, 어른들은 뭐랄까, 표정이 왠지 싸늘한 느낌이 들었다.

"아아, 아마도 어제 우리가 요리를 나눠주지 않아서겠죠."

""엥?""

폴린의 말에 깜짝 놀라는 마일과 메비스. 반면 레나는 당연하지, 하는 표정이었다.

"하, 하지만 아이들한테는 공짜로 줬잖아요? 어른들도 상식적인 금액에 팔겠다고 말했는데요? 사 먹은 사람은 한 명도 없었지만……. 그래도 아이들에게 공짜로 그 많은 요리를 먹게 해줬는데 자기들이 배불리 먹지 못했다고 우리를 적대시한다고요? 마을 아이를 구해주기까지 했는데?"

메리리나가 납치당할 뻔했던 이야기는 다른 아이들의 안전을 위해 당연히 어젯밤 마을 사람들에게 알렸다. 그리고 '붉은 맹세'가 구했다는 이야기도.

"마을 사람이란 그런 거야. 상대에게 그런 의무가, 그리고 자기들에게 그럴 권리가 없어도 받을 수 있을 것 같은 이익은 뭐든 받고 싶어 하지. 유복한 사람이 은혜를 베푸는 게 당연하다고 생각해. 오히려 하나도 주지 않는 사람은 악당이지. 죽이고 빼앗아도 괜찮고. 그런 생각이 있으니까 단독 혹은 소수로 다니는 상인을 마을 사람들이 습격하는 사건도 드물지 않은 거야. 물론 이렇게 왕도와 가까운 곳에서는 들통나기 쉬우니까 그런 일이 잘 일어나지 않지만. 어쨌든 『음식에 여유가 있는데도 자기들에게는 나눠주지 않았다』라는 사실 때문에, 우리는 이 마을의 어른들에게는 『악당』인 거야."

"그, 그런……."

레나의 설명에 고개를 푹 숙이는 마일. 메비스도 조금 의기소침한 모습이었다.

"뭐, 물론 모든 마을이 다 그렇다는 건 아니고, 이 마을에도 겸손한 사람은 당연히 있겠지. 지금까지 정상적인 사람들이 많은 마을도 많았잖아?"

하긴 레나의 말이 옳았다. 인간 이외에 예의 드워프 마을도 대장간 일만 아는 바보들이었을 뿐이지 약은 자는 없었다.

"그래서 어떻게 해?"

"네? 뭐를요?"

"앞으로 우리가 할 행동에 대해서지, 당연히!"

여전히 눈치가 빠를 때와 없을 때의 차이가 극단적인 마일이어서 조금 욱한 레나.

"우리를 모르는 마을 사람들에게 도적 퇴치 이야기를 꺼내 봐야 귓등으로도 안 들을 거야. 뭐, 누가 봐도 신출내기 같은 우리가 도적을 이겼다고 생각하는 게 더 어렵겠지. 혹시라도 헌터를 고용해 도적들에게 덤볐다가 실패한다면 마을 사람들에게는 좋을 게 없어. 애초에 길드를 통하지 않은 자유 의뢰 따위, 우리가 선금을 받자마자 도망칠지도 모른다고 의심할 거고, 후불로 한다 해도 떼먹을 게 분명해.『미안, 마을에 돈이 없어서. 도와준다고, 자비로운 마음으로……』하고 나올 게 뻔하다고. 금화 1닢 걸어도 좋아.”

그 말대로였다. 이 세상에는 정직한 사람들이 많은 마을도 있다. 그 멋대로 산에 정착한 고아들을 위해 없는 돈을 십시일반 모아 '붉은 맹세'를 고용한 마을처럼…….

하지만 자신들의 행복을 위해서라면 남을 속이고 갈취해도 상관없다고 생각하는 자가 많은 것도 사실이었다. 어젯밤, 그리고 오늘 아침에 마을 사람들이 보인 태도를 봐서 레나는 이 마을은 아마 후자 쪽이라고 판단한 모양이었다.

어린 시절부터 아버지와 여러 마을을 돌아다녔던 레나는 이곳 저곳에서 다양한 경험을 쌓았을 터다…….

“저도 '떼먹는다'에 금화 한 닢!”

폴린이 그렇게 말한 시점에서, 이제 반대 주장을 펼쳐도 이길 가능성은 없다. 그래서…….

“저도, '떼먹는다'에, 금화 한 닢입니다!”

“나도…….”

그렇다, 그렇게 딱 말해두지 않았다가 만에 하나 나중에 돈을 내라고 하면 대참사다. '그때 분명히 내기했었잖아!' 하면서…….

“그럼 내기가 성립이 안 되는데!”

레나가 그렇게 말했지만 물론 농담한 것뿐이다. 마일과 메비스가 경계하는 건 폴린 쪽이었다.

마일과 메비스가 슬쩍 폴린을 쳐다보자…….

그곳에는 칫, 하는 표정을 짓고 있는 폴린이 있었다.

((위험해, 위험해…….))

지금 폴린은 고작 금화 몇 닢에 정색할 필요는 없지만 '돈을 가질 수 있다'라는 자체가 즐거운 것이리라. ……그렇다, 예컨대 쿠키를 칩 대신으로 삼아 친구와 게임이라도 하듯이.

……그러니까 절대 진심으로 친구들에게서 금화를 뜯어내려고 생각하지는……. ……아마도.

"아무튼, 마을 사람들이 저희에게 자유 의뢰를 맡길 가능성은 희박하다는 거네요. 뭐, 그런 상황이라면 혹시라도 의뢰를 받아 봐야 나중에 갈등만 생길 뿐. 그렇다는 건……."

"그렇다는 건?"

레나의 추임새에 에헴, 하고 가슴을 펼치고…… 없는 가슴을 펼치고 대답하는 마일.

"저희가 알아서 퇴치하면 그만이에요!"

"""왜 이야기가 그렇게 되는데?!"""

세 사람이 이구동성으로 마일에게 소리쳤는데…….

"생포하면 의뢰 보수는 없어도 보상금이랑 범죄 노예 매매 할당금까지 상당한 금액이……."

"해요!"

폴린이 즉답했다.

"도적의 표적이 된 마을을 구하는 네 명의 헌터……."

"하자!"

메비스가 똑같이 대답했다.

그리고…….

"도적을 확……."

"하자!"

……너무 쉬웠다.

돈의 망자 폴린.

멋있는 일, 사람들이 고마워하는 일을 제일 좋아하는 메비스.

그리고 도적을 밟아 뭉개 버리는 게 삶의 보람인 레나.

게다가 '일본 전래 허풍동화'로 모두에게 『일곱 명의 헌터』라는 번안 이야기를 들려준 마일에게 사각지대란 없었다.

"밑져야 본전인데 일단은 자유 의뢰 이야기를 꺼내 볼까?"

"헛수고야."

파티 리더인 메비스가 그렇게 말했지만, 레나가 바로 반박했다.

"그랬다간 나중에 『헌터잖아, 어차피 뒈지면 결국 무료로 일한 셈이지. 돈을 제대로 주는 건 바보나 하는 짓이라고』하고 이웃 마을에 떠들어대고 다닐걸. 그런 소문이 퍼지면 많은 헌터에게 피해가 돌아갈 거고 그 소문의 원흉이 우리 '붉은 맹세'라고 생각이라도 하게 되면……."

"""우리의 독자 행동으로!"""

그렇다, 선택지는 그것밖에 없었다.

'붉은 맹세'는 텐트 안에서 뒹굴뒹굴 휴식을 취하고 있었다.

다른 마을 사람들은 그렇다고 치고, 메리리나의 부모님은 고마워하고는 있었지만 그래도 딱히 식사를 가져다준다거나 하지는 않았다.

……아니, 그건 결코 나쁜 뜻이 있어서는 아니었고 간밤의 요리 가짓수를 보고서는 도저히 그럴 마음이 들지 않아서였겠지.

엄청난 부자한테 기부하는 가난한 이가 있을 리 없고, 일류 요리사에게 아마추어 요리를 내밀려는 자도 있을 리 없으니. 연인이나 가족 등 웬만큼 속마음을 잘 아는 사람을 제외하고…….

그것뿐인 이야기였다.

"오오오오!"

……마일이 들려준 '일본 전래 허풍동화'의 반전 결말에 놀라서 소리치는 메리리나.

그렇다, 과연 메리리나의 부모님도 '어떻게든 감사를 표시해야 한다'라는 생각은 있었는지, 지난밤에 관찰해서 마일 일행이 아이들과 있는 것을 좋아한다는 사실을 알고, 메리리나를 오늘 일을 면제해준 다음 보낸 것이다.

물론 마일은 뛸 듯이 기뻐했다!

그리고 동생을 갖고 싶어 하던 메비스, 남동생 알란을 돌보던 시절이 떠오른 폴린, 자신이 테류시아에게 그랬듯 누군가도 자신을 동경해주길 원하던 레나 역시, 마일처럼 겉으로 드러내지는 않았어도 나름대로 기뻐하며 메리리나를 상대해주었다.

그리하여 다 함께 느긋한 시간을 보내고 있는데…….

"뭔가, 밖이 소란스러운 것 같은데……?"

폴린의 말대로 텐트에서 조금 떨어진 곳이 웅성거리는 느낌이었다.

이런 시골 마을에서 그렇게 시끄러운 일이 일어나는 경우는 별로 없다.

행상인 짐마차가 왔다거나 누가 다쳤다거나 강력한 마물이 등장했다거나, ……그것도 아니면 도적이 들이닥쳤다거나.

그리고 이번에는 물론…….

"왔네."

메비스의 말처럼 '그들'이리라.

기다리던 자들이, 왔다.

그렇다, 그걸 기다리려고 '붉은 맹세'가 이곳에 진을 치고 있었다.

……메리리나와 노는 김에.

"가자!"

"""하앗!"""

메리리나와 함께 텐트에서 나온 '붉은 맹세'.

……안전을 위해, 그리고 잔인한 장면을 보여주지 않기 위해 메리리나는 텐트 안에 남겨둘까?

그런 생각을 하는 사람은 아무도 없었다.

마일 일행은 메리리나에게 '앞으로 살아갈 이 세상'의 혹독한 현실을 보여줘서, 앞으로 '붉은 맹세'가 없더라도 잘 살아갈 수 있도록……, 같은 형식적인 생각도 아니었다.

메리리나를 텐트에 두고 가면 '멋있는 장면'을 보여줄 수 없다.

존경과 동경 그리고 찬사의 눈빛을 받을 수 없다.

악당을 퇴치하는 모습을 본 후 달려와서 안기지 않을 것이다.

……그렇다, 메비스, 레나, 마일은 투명할 정도로 흑심이 가득했다.

하지만 폴린만은 그런 생각을 하지 않는 듯했다.

"범죄 노예의 값이 내려가니까 여러분, 부위 결손이랑 후유증이 남는 상처는 피해 주세요!"

……다만 다른 흑심으로 가득했다…….

마일 일행은 레나의 『가자!』라는 말에 기세 좋게 대답은 했지만 바로 텐트 밖으로 뛰어나가지는 않았다. 텐트 입구 천을 살짝 들고 밖의 상태를 살폈다.

그렇다, 메리리나를 건들려고는 했어도 그밖에 다른, '마을 사람에게 했던 민폐 행위'는 마을 사람들 쪽 이야기만 들었을 뿐이어서, 지금의 '붉은 맹세'는 흔히 말해 '당사자 중 한쪽 말만 듣고 그대로 받아들인 상태'였다.

만약 이렇게 '붉은 맹세'가 도적들을 도시 헌터 길드나 경비대에 넘긴 후에, 도적들의 주장과 마을 사람들의 주장이 엇갈린다면.

……'붉은 맹세'가 죄 없는 사람들을 괴롭히고 구속한 셈이 되

어 오히려 자신들이 체포될 수도 있다.

'그런 사실은 없다' 하고 나오는 상대에게 '마을 사람에게 들었다'는 말만으로는 설득력이 없다. '남에게 들은 이야기만으로 증거도 없이 일방적으로 공격했는가?'라는 말을 들을 뿐이다.

메리리나가 겪었던 일을 꺼내도 '아이와 좀 장난치고 놀았을 뿐. 실제로 유괴를 한 것도 아니고 다친 데도 없잖아?' 하고 나온다면 이쪽이 불리해진다. 그리고 '죄 없는 사람을 도적으로 몰아서 돈을 벌려고 한 극악인'으로 몰리게 되면…….

마을 사람에게 저지른 짓과 금품 요구도 현시점에서는 돈을 갈취하거나 이런저런 일이 있기는 했어도 꼭 '도적'이라고 단정 지을 만한 행위를 한 것도 아니고, 어중간하게 아는 사이인 만큼 '금전 관계가 얽힌 지인끼리의 갈등'이라고 주장한다면 도적으로 간주하고 넘길 일까지는 아니라고 판단해도 이상하지 않았다.

물론 도적들은 검과 창으로 무장하고 있었지만, 칼자루를 쥐고 위협은 했어도 칼을 뽑거나 휘두르거나 칼날을 목에 대거나 하지는 않은 것 같았다. 어디까지나 농담으로라든지, '싸울 때 하는 가벼운 겁박'에서 그치는 정도였다. 그 정도로 일일이 체포한다면 술집에 있는 헌터는 매일 몇 명씩 체포되겠지.

그러니까…….

"아무래도 수확하러 온 것 같네요. 메리리나를 납치하려고 했다는 이야기가 마을에 알려졌다는 건 저쪽도 이미 알고 있을 테니 이제는 '단순히 지나가는 불량배로 최소한의 선은 넘지 않고 당분간 머무르면서 갈취하고 공짜로 실컷 먹고 마신 후에 이동하는 체재'를 버린 듯해요."

마일의 말대로 아무래도 현금과 금품, 아이와 어린 여자들을 몽땅 끌고 갈 작정인지, 불량배들이 어른들을 위협하고 있었다.

현금과 금품을 있는 대로 순순히 내놓게 하도록 아직은, 상품 가치가 있는 여자들을 끌고 가겠다거나 쓸모없는 자들은 입막음 하기 위해 다 죽여 버리겠다고는 말하지 않았다.

이걸로는 아직 약했고, 마일 일행에게 그러는 것도 아니어서 '우리가 공격받았어요!' 하고, 남의 증언 없이 '붉은 맹세'에 대한 신뢰만 있으면 자신들의 증언만으로 어떻게든 되는, 그 정도의 '사실'이 필요했다.

그리고 원하면 만들면 된다.

"무슨 일이에요?"

불량배들과 마을 사람들의 언쟁에, 타이밍을 보고 말을 거는 폴린.

이런 미묘한 타이밍을 계산하는 것은 역시 폴린이 제일 잘했다.

뭐, '가진 재산 다 내놔' 하고 나오는 불량배들과 마을 사람들 사이에 합의가 이루어질 리 없기에, 단순히 서로 말이 끊긴 순간 을 노린 것뿐이지만……

"뭐야, 네놈들은……."

"너, 너희는 어제……."

불량배 중에는 어제 본 녀석들도 섞여 있었다.

뭐, 이번에는 불량배 전원이 온 듯하니 섞여 있는 게 당연하지만……

어제는 아무리 상대가 신입 헌터라고 하나 머릿수가 거의 비슷하면 자신들이 멀쩡하게 돌아갈 리 없다고 판단했는지 바로 도망쳤지만, 아무래도 오늘은 전원, 그러니까 16~17명이 왔기 때문에 멤버 절반이 미성년자(처럼 보이는) 신입 소녀, 네 명 정도야 한주먹 거리도 안 된다고 생각했는지, 강하게 나왔다.

게다가 이들은 '붉은 맹세'의 등장이 오히려 잘된 일이라고 생각하고 있었다.

'붉은 맹세'가 자신들에게 맞서기 위해 마을에서 고용한 헌터인 줄 알았으니까.

그들은 마을 사람들의 눈앞에서 헌터들을 쓰러트리면 유일한 대항 수단이자 마지막 희망이 산산조각이 나면서 상황 파악을 잘하게 되겠지 하고 생각했다.

본보기로 손봐주는 것이 만약 마을 사람이라면 다른 마을 사람은 공포심뿐 아니라 위기감, 혐오감, 반항심, ……그리고 '밑져야 본전', '당하기 전에 먼저 치기' 등, 될 대로 되라는 심정이 되어 만용을 부릴 가능성이 있다.

하지만 제삼자인 헌터라면 '전투력이 있는 자는 쓰러트려도, 싸울 수 없는 자신들에게는 손대지 않을 것이다', '순순히 따르면 마을 사람에게는 피해가 가지 않는다'라는 생각에, 감춰두었던 돈과 식량을 내밀 가능성이 있다.

……실제로는 나중에 모두 죽일 생각이었지만.

그런 정보가 다른 마을과 도시에 퍼져나가지 않도록 해야 하니까…….

그래서 가까운 이웃 마을 사람들은 '갑자기 마을을 습격해 마을 사람을 모두 죽이고 모든 것을 빼앗은 도적'의 존재에 대해서는 알아도 '여행 도중 마을에 들러 며칠 야영하면서 음식과 금품을 갈취하고 떠난, 밥줄 끊긴 불량배들'과는 무관하다고 여길 터였다.

그리고 물론 불량배들은 '붉은 맹세'를 너무 다치지 않게 생포한 다음 노리개로 삼다가 위법 노예로 팔아야겠다 하고 김칫국부터 마시고 있었다.

그래서…….

"붙잡아라. 최대한 다치지 않게, 값 내려가니까!"

그런 대사가 나왔다.

이제 막 데뷔한 네 명의 어린 소녀 헌터들.

쉽게 제압해 마을 사람들에게 압도적인 힘의 차이를 보여줄 수 있다.

그렇게 생각한 그들은 마을 사람을 인질로 잡을 생각을 하지 않았다.

인질로 잡는다는 것은 다시 말해서, 정상적으로 싸우면 이길 수 없기 때문이라는 뜻이 되어버리니까.

그런 인상을 줘서 마을 사람들이 얕보게 만들 수는 없었다. 아무리 곧 죽일 거라도…….

그리고 그 결과는…….

"붙잡으라니요? 당신들은 유괴범이나 도적인가요?"

놀란 표정으로 그렇게 묻는 마일.

"푸흡, 인제 와서 무슨 소리야. 이미 알잖아, 우리가 여행 중에 잠깐 신세 졌을 뿐인 단순 아웃사이더가 아니라, 그런 척했을 뿐인 도적단이라는 거! 늘 그렇듯 처음부터 바로 습격하는 건 우리도 지겹거든. 가끔은 말이야, 평범하게 요리도 얻어먹고 느긋한 시간도 원한단 말이지. 그래서 얼마 동안은 탱자탱자 지내다가 때를 봐서 전부 쓸어버리고 이동, 그다음에는 다시 원래대로 산간 가도에서 활동하다가 또 어느 마을에 가서 쉬하는 패턴의 반복인 거야."

잘났다는 듯 술술 말을 늘어놓는 도적 보스.

그렇다, 이제는 '불량배'가 아니라 완전한 '도적'으로 레벨업 했다.

"엄청 쉽게, 자백을 받아냈습니다!"

"도적이라는 선언, 마을 사람들뿐 아니라 저희까지 공격해 붙잡아 위법 노예로 팔겠다는 의사 확인을 받아냈습니다. 이제 저희의 증언만 가지고 도적으로 넘기겠습니다!"

마일과 폴린이 기쁜 듯이 말했다.

"……뭐? 바보냐? 고작 신출내기 꼬마 넷이서 뭘…….."

"염탄!"

퍼~엉!

물론 레나는 일찌감치 머릿속으로 영창을 끝내놓은 상태여서, 무표정으로 도적들을 향해 염탄을 쏘았다. 위력을 잘 억제해서 살상력을 줄였으니 아마 팔다리나 손가락이 날아가는 일은 없으리라.

"뭐야! 어린 계집 주제에 무영창 공격마법이라니!"

놀라는 게 당연했다. 보통 무영창 공격마법은 갓 데뷔한 어린 소녀가 구사할 만한 것이 아니다. 급하게 영창해서 단발성 파이어 볼이 비틀비틀 날아오면 여유롭게 그것을 피하고 다음 마법 영창이 끝나기 전에 순간적으로 거리를 좁혀서 검 옆 부분으로 때리면 그만.

그래서 이렇게 접근한 신인 마술사 따위는 별로 위협이 되지 않았다.

마술사 한 명이 몇 명이나 되는 전위직을 가지고 놀 수 있다면 '마술사 무쌍'이 되고 말 테니 말이다.

그게 가능한 것은 C등급 상위 이상, 거의 B등급에 가까워지고 나서다.

마술사는 결코 적 가까이 접근하지 않는다. 그리고 전위는 결코 적을 마술사에게 접근하게 두지 않는다. 그것이 전투의 철칙이었다.

그래서 태연하게 전위 검사들과 함께 접근해오는 두 마술사를 보고 도적들은 여유로운 표정을 지었다. '역시 신출내기, 아무리 대인전 경험이 없다지만, 바보도 정도가 있지' 하고…….

그런데 무영창으로, 그것도 이런 상황에서의 정석인 '낮은 등급도 쓰기 쉬운 파이어 볼'이 아니라 난도 높은 폭렬계 마법을. 심지어 이 정도 위력과 속도로 쏘다니, 정말 예상에서 벗어난 일이었다.

"젠장, 다음 마법을 쏘기 전에 공격하자아아아~~~!"

뜻밖의 강적이 하나 섞여 있다. 그렇다면 그가 다음 공격을 쏘기 전에 힘으로 제압해야 한다.

아무리 무영창이라도 속으로 영창하려면 시간이 걸린다. 그리고 나머지 세 사람은 연약해 보이는 마술사…… 아마도 치유나 지원계, 어린 검사, 그리고 17~18세 정도로 보이는 여성 검사다.

마술사는 외모나 나이와 관계가 없다. 재능이 있는 자가 강하다. 하지만 검사는 단련한 신체와 경험이 전부. 그러니 실력이 엄청난 소녀 마술사는 있지만, 실력이 엄청난 소녀 검사는 존재하지 않는 법. 그것도 저런 초라한 몸은…….

따라서 도적 보스의 판단은 옳았다. 객관적으로, 공정하게 판단해도.

……일반적으로는.

……그렇다, 상대가 겉모습 그대로인, 일반적인 상대였다면 말이다…….

*　　*

"모두 잡았는데요……."

그렇게 말한 마일의 앞에는 밧줄로 꽁꽁 묶은 17명의 도적이 있었다.

불에 탄 흔적, 작게 베인 상처들은 있었지만 큰 부상은 없었다.

……아니, '지금은, 없었다'.

마일과 폴린이 치유마법을 써서, 자기 발로 걸어갈 수 있을 상태까지는 만들었기에…….

양날인 서양검은 '칼등 치기'가 불가능했기에 메비스와 마일은 검의 납작한 옆면으로 때릴 수밖에 없었는데, 칼등 치기든 옆면으로 치든 쇠몽둥이로 때리는 거나 마찬가지기에 골절은 물론, 자칫 잘못하면 내장 파열이나 사망에 이를 수도 있었다. 그런데도 한 명도 죽이지 않고 제압했다는 것은 그들의 실력 차가 너무나 커서 여유가 있었기 때문이었다.

하지만 상대를 죽이지 않고 제압하는 기술은 물론, 옆면 치기 같이 검의 사용법에서 벗어난 방식을 쓰면 검이 쉽사리 구부러지거나 부러지기에, 아무리 여유가 있다고 해도 보통은 그런 방법을 쓰지 않는다. 절대 부러지지 않는다는 확신이 있는, 특별하게 만든 검이 아닌 한은…….

물론 그건 레나와 폴린도 마찬가지였다. 힘 조절을 조금 실수하거나 자기도 모르게 명중시켰다간 상대가 죽어버릴 수도 있었다.

아이러니하게도 '무척 약했다'라는 사실이 도리어 도적들의 목숨을 구한 셈이었다.

……일단 지금은.

도적들을 포박하는 방식은 물론 '폴린 묶기'였다.

"그나저나 인솔자의 속도에 맞추어 자기도 걷지 않으면 목에 걸린 밧줄이 조여서 죽게 된다니……. 역시 폴린 씨예요, 『폴린 묶기』의 완벽한 사악함과 악랄함!"

"아니, 그 방법은 제가 고안한 게 아니라고 몇 번을 말해요! 멋대로 이상한 이름 붙이지 말라고요!"

폴린이 뭐라고 항의했지만, 마일 일행은 그대로 무시했다.

'붉은 맹세' 안에서 이 포박법은 아무래도 '폴린 묶기'로 이름이 정해진 듯했다.

"와아~……."

그리고 마일과 메비스의 의도대로, 반짝거리는 눈빛으로 네 사람을 바라보는 메리리나.

((계획대로야…….))

그리고 신세계의 신 같은 것을 생각하고 있는 마일과 메비스.

마을 사람들은 조금 떨어진 곳에서 입을 다물고 '붉은 맹세'를 보고 있었다.

고마운 마음이 없는 건 아닌 듯했지만, 괜히 말을 걸어서 감사 인사를 했다가 사례금을 요구하지 않을까 걱정을 하고 있는지, 불편한 표정으로 안절부절못하고 있었다.

딱히 우리가 도적 토벌을 의뢰한 게 아니다.

저 헌터들이 마음대로 한 일.

우리와는 상관없다.

그렇게 말하고 싶은 표정이었다. 하지만 아직 사례금을 요구한 것도 아닌데 먼저 그런 말을 꺼낼 만큼 마을 주민들도 뻔뻔하지는 않았다. 그렇다고 자기 마음대로 감사했다가 '사례금 요구'로 이어지면 다른 사람들의 눈총을 받을 수도 있기에 섣불리 입을 열지도 않았다.

이러지도 저러지도 못하는 모습…….

하지만 '붉은 맹세는 아무래도 좋았다.

마일의 소원대로 아이들을 구하고 그 미소를 지켜내고 아이들의 동경과 찬사로 반짝반짝 빛나는 눈빛을 받으며 흐응, 하고 만족스러운 콧바람과 함께 돈줄인 도적들을 끌고 왕도로 위풍당당 돌아가는 것.

……그거면 충분했다.

'……이제 아이들로부터『메비스, 컴배애액~!』하는 소리를 등 뒤로 들으며, 뒤돌아보지 않고, 멋있게…….'

마일의 '일본 전래 허풍동화'의 한 구절을 떠올리면서 자신의 과도하게 멋진 모습에 입꼬리를 움찔거리며 아이들로부터 등을 돌리고 떠나려고 하는 메비스였는데…….

"앗, 잠깐만요!"

"엥?"

뒤에서 들려오는 마일의 목소리에 걸음을 멈추고 무심코 뒤돌아보고 말았다.

"아앗, 망했다아아아~!"

……모처럼 찾아온 명장면의 기회를 망쳐버렸다…….

어깨를 축 늘어뜨리는 메비스.

애당초 아이들 아무도 '컴배애액~!' 같은 말을 하지 않았고, 줄줄이 묶인 도적들을 끌고 가야 하므로 그런 식으로 멋지게 떠나는 모습도 이미 물 건너간 상황이었는데도.

적어도 마을 사람들이 십시일반 모은 돈을 가죽 주머니에 넣어 건넨다면 그것을 내던지고 떠나는 '쓰리 아미고'(악당이 침입한 마을을 쓰리 아미고가 구해내는 1980년대 서부 코미디 영화) 놀이를 할 수는 있겠지만, 마을 사람들은 딱히 돈을 주지도 않았고, 돈을 받더라도 폴린이 있는 한 그 돈을 내던지는 것은 불가능했다……

"……그래서, 어떻게 할까, 마일……."

차분한 목소리로 묻는 메비스.

모처럼의 멋진 장면을 방해받았지만, 아무리 그래도 '붉은 맹세'의 리더이자 최고 연장자가 화를 낼 수는 없었다.

"이대로라면 이런 자들이 또 나타났을 경우 메리리나 짱이 어떻게 될지……."

"그래서?"

"부적을 줄까 해요."

"부적? 애뮬릿이나 참, 탈리스만 같은 건가?"

애뮬릿은 '마를 막아주는 장신구', 즉 일본에서 말하는 '부적, 호부'에 가깝다. '참'은 '행운을 불러오는 것'으로 네 잎 클로버 같은 것을 말한다.

그리고 '탈리스만'은 '힘 있는 것'이라는 의미로, '주부(呪符)'라고 부르기도 한다.

위안 정도이기는 해도, 신이 실재한다고 믿는 이 세계의 아이들에겐 마음을 안정시키는 데 도움이 되리라……

"네. 이런 일도 있지 않을까 싶어서 준비해둔 게 있어요."

그렇게 말한 마일이 아이템 박스에서 뭔가를 꺼냈다.

"부적 인형, 『미사토 Mk-Ⅱ』입니다!"

그렇다, 그것은 마일의 전생인 미사토를 모델로 만든 봉제 인형이었다.

이 세계에서 인형이란 보통 나무를 조각하거나 흙을 굳혀 만든 것이지, 봉제 인형이 아니었다.

그리고…….

'이 인형에 들어가 메리리나의 호위 임무를 맡아줄 나노머신 씨 모집! 업무 내용은 메리리나와 부모님의 위험 배제. 기간은 호위 대상인 세 사람이 죽을 때까지!'

〔〔〔〔〔〔저요오오오오오오~~~!!〕〕〕〕〕〕〕

"으아아아악!"

너무 많은 나노머신이 일제히 고막을 진동시키자, 귀에 통증과 함께 골을 울릴 만큼 커다란 소리가 들려와 마일은 무심코 비명을 지르며 쓰러졌다.

"왜, 왜 그래, 마일!"

"폴린, 치유마법! 메비스, 원격 공격에 대비해!"

"넷!"

"하앗!"

마일의 상태에 마법 원격 공격 가능성을 생각하고 즉시 대응을 지시하는 레나.

그리고…….

"죄, 죄송해요, 아, 아무 일도 아니에요. 잠시 귀가 울리고 현기증이 일어났을 뿐…….

비틀비틀 일어나며 그렇게 말하는 마일을 향해 레나 일행은 수상쩍은 눈빛을 보냈다.

"……정말? 우리한테 걱정 끼치지 않으려고 무리하는 건 아니겠지?"

"저, 정말이에요! 자, 이것 보라고요!"

레나의 의심스러운 눈초리에 폴짝폴짝 뛰면서 필사적으로 아무 일도 아님을 어필하는 마일.

"음~, 진짜로 괜찮은 것 같긴 하네……. 좋아, 대신 몸이 안 좋으면 꼭 말해주기야! 컨디션이 나쁜데도 참고 억지로 싸우다가 불상사라도 생기면 다른 사람들도 위험해지니까! 자기 혼자 일로 끝나지 않는다고!"

"네, 네, 알겠어요……."

그렇다, 무리하면 안 된다는 것을 마일은 잘 알고 있었다.

전생에서 아버지가 투덜거리던 이야기이기도 했다.

부하가 독감에 걸려 아픈데도 무리해서 출근하는 바람에 병이 악화해 입원. 그것도 모자라 동료들에게 옮겨서 직장이 난장판이 되었다고.

아픈데도 억지로 출근하는 사람은 어떤 의미로 테러리스트이므로 근무 평가를 최하점으로 줘야 한다고 강하게 주장했다.

하긴, 만약 옮은 사람의 집에 노인, 임신부, 영유아, 수험생 등이 있다면…….

많은 사람의 인생을 엉망으로 만들 수도 있는 것이다. 말하자면 범죄행위나 다름없으리라.

'인선(人選)……, 아니, 『나노선』은 나노……, 그러니까 항상 나

를 상대해주는 나노……한테 부탁할 테니 적절한 사람 수……,
아니 『나노 수』로 뽑아줘.'

【분부대로 하겠습니다!】

이제 이 부적 인형, '미사토 Mk-Ⅱ'를 메리리나에게 주기만 하
면 된다.

"메리리나, 이건 메리리나와 아버지, 어머니를 지켜줄 부적 인
형이야. 소중히 간직해줘!"

마일이 그렇게 말하며 '미사토 Mk-Ⅱ'를 내밀자, 메리리나가
뛸 듯이 기뻐하며 받았다.

이런 시골에 사는 아이가 제대로 된 인형, 장난감을 가지고 있
을 리 없다. 기뻐하는 것은 당연하리라. 그래서 소중히 간직할 것
은 확실했다.

아울러 다른 아이들에게 빼앗길 염려도 없다.

이 인형에는 '스스로 지키는 기능'이 있으니까.

한밤중에 흐느끼거나 머리맡에서 저주의 말을 계속 중얼거릴
수 있다.

만약 도둑맞았거나 빼앗긴다고 해도 다음 날이면 확실히 돌려
받을 수 있다. 만약 돌려받지 못한다고 해도 그때는 자기 발로 걸
어서 돌아올 테고.

"언니, 고마워!"

"천만에. 아버지, 어머니 말씀 잘 듣고. 죽은 언니의 몫까지……."

마일은 부모님을 잘 보살피라든지 손자를 안겨 드리라는 말은
하지 않았다.

그 말을 해버리면 부모님을 여동생에게 다 떠맡겨버린 자신이 너무 무책임하다는 생각이 들 테니까.

게다가 지금(의 일본)은 자식이 부모를 위해 자기 인생을 희생한다거나, 결혼해서 아이를 낳는 것이 의무인 시대가 아니다. 그러한 것들은 자식의 자유이며 자기 의지로 정할 일이다. 적어도 남이 이래라저래라할 문제가 아니다. 하지만…….

"응! 내가 아버지와 어머니, 그리고 이 집을 지킬게!"

이 세계에서는 그렇게 생각하는 것이 상식이리라.

사위를 들인다거나 결혼 상대의 친정 소유 논밭과 합친다거나.

아니, 앞으로 이 부부에게 아이가 생길 가능성도 없지는 않다.

이제 두 번 다시 만날 일이 없을 농촌의 소녀와 그 부모.

마일이 할 수 있는 일은 이게 최선이겠지…….

'인형 전속 나노머신들, 만약 힘에 겨운 일, 판단할 수 없는 일, 그리고 금칙사항 등으로 메리리나네 가족을 도울 수 없는 상황이 오면 즉시 나한테 알려줘!'

【분부대로 하겠습니다!】

아무리 여동생과 닮은 소녀라고는 하지만 지나친 과보호였다…….

그 후 손을 흔들며 떠나가는 마일.

메비스 일행은 줄줄이 묶은 도적을 끌었다.

선두에 서서 밧줄을 끄는 사람은 메비스, 뒤에서 감시하면서 걸음을 멈추려고 하는 자의 발에 힘 조절한 공격마법을 쏘는 사람은 레나, 그리고 옆에 붙어서 행동이 수상한 자에게 씨익하고 검은 미소를 지으며 스태프(지팡이)로 쿡쿡 찌르는 역할은 폴린이 맡았다.

신나게 걷고 있는 마일은 앞으로 도적들이 걷기를 거부하기 시작할 때 메비스와 교대할 예정이었다. 마일이 밧줄을 쥔 손에 힘을 실으면, 목에 걸린 밧줄이 조이는 방식으로 묶여 있으므로, 도적들은 죽고 싶지 않으면 걸어야만 했다.

또 애당초 아무리 열심히 저항하려고 한들 마일을 상대로 줄다리기를 해서 이길 수 있을 리 없었다.

"『폴린 묶기』, 완벽해요!"

"아니, 그렇게 부르지 말라고 몇 번을 말하냐고!!"

그렇게 도적들을 끌고 마을을 떠나는 '붉은 맹세'.

지구에 남겨둔 가족이 떠오르는 풍경에 감정을 이입한 마일이었지만, 지나친 것은 좋지 않았다.

메리리나 일가만 너무 우선하면 나중에 다른 마을 사람이 시기할지도 모르므로 더 뭔가를 해주는 것은 피해야지. 그렇게 생각한 마일이었다…….

* *

【됐다아! 이제 당분간은 즐길 수 있겠어!】

【그래, 어쩌다가 우연히 여기 온 건데 이런 행운이……】

마일 일행이 떠난 후 호위 임무에 뽑힌 나노머신들은 서로 기쁨을 나누었다.

그들에게 있어서 인간의 일생은 찰나.

하지만 수백만 년, 수천만 년 단위로 살아가고 그 대부분은 가만히 대기하거나 원주 생물이 사념한 것을 그저 기계적으로 시행할 뿐인 나날.

……지루했다.

자기 의지로 죽지도, 망가지지도 못하는 길고 긴 활동 기간.

그런 그들에게 찾아온 '즐거운 나날'이다. 미친 듯이 기뻐하는 것도 무리가 아니었다.

【이 가족을 지키기 위해서라면 자기 판단으로 행동할 수 있다는 거지?】

【그래. 심지어 인형의 몸에 씌게 됐잖아. 다시 말해 호위 대상자의 사념을 받아 유사 마법……이 아니라 좀 더 능동적으로, 『이 인형의 의지로 행동해도 된다』라는 거야. 요컨대 인격이 부여된 자율형 로봇처럼, 완전한 자유행동을 허락받았다고 판단해도 되겠지.】

【야! 그건 월권행위 아닌가? 그런 게 허용된다는 걸 누가 정했는데?!】

【【【【【…………내가!】】】】】】

【큭……】

【【크크큭……】】

【【【【【푸~하~하하하하!!】】】】】】

【아주 즐거워 보이네, 너네…….】

그리고…….
【도적이 나타났다! 『미사토 Mk-II』 발진!】
【부웅!】

【수리 다툼으로 이웃 마을 청년들이 괭이를 앞세우고 쳐들어왔어! 『미사토 Mk-II』 발진!】
【라저!】

【올해는 작물이 흉작일 것 같아! 식량 부족이라는 위기로부터 주인님 일가를 지키기 위해 밭에 대한 간섭이 필요하다고 판단된다. 『미사토 Mk-II』 발진!】
【하이 하이 서!】
【……즐거워 보인다, 너네…….】

그 후 메리리나는 젊은 여성 촌장이 되어 이웃 마을들까지도 군림하게 되었다고 한다…….

제96장 쟁탈전

"감사합니다!"

오늘은 희소한 약초 채취와 도중에 잡은 소동물뿐이어서, 길드 지부 뒤편의 해체장이 아니라 본관의 매입 창구를 찾아온 '붉은 맹세'.

약초는 귀하기도 하지만 채취한 후 급격하게 시드는 만큼, 마일의 수납마법(인 것으로 되어 있는 아이템 박스, 시간 경과 없음)이 있는 '붉은 맹세'를 아무도 이길 수 없었다.

일단 '돌아오기 직전에 발견했다', '얼음마법으로 얼린 다음 전속력으로 돌아왔다'고 둘러댔지만, 의심을 완전히 피할 수는 없었다.

……뭐, 그래도 헌터의 능력을 캐내려고 하는 자는 길드 직원 중에도 헌터 동료 중에도 없겠지만. 다들 자신의 목숨과 신용이 소중할 테니…….

'붉은 맹세'가 출구 쪽으로 향하려고 했을 때…….

딸랑

귀에 익은 길드 통일 규격 도어벨 소리가 울리고…….

"아!"

"앗!"

"아아아악!"

""찾았다아아아아~~!""

길드 안에 울려 퍼지는 세 사람의 비명.

그리고…….

"아앗, 마르셀라 씨, 모니카 씨, 올리아나 씨!"

……그렇다. '붉은 맹세'를 찾아 동쪽으로 여행을 떠난 '원더 쓰리'가 그들의 발자취를 따라 동쪽 지방을 순회하고 방금 돌아온 것이다…….

*　　*

"뭐라고욧?! 그럼 저희가 여기를 출발하고 며칠 후에 돌아왔단 말이에요?! 저희의 고난 가득했던 여행은 도대체 다 뭐였단 말인가요오오오오!"

마일의 이야기를 듣고 무심코 숙녀답지 않게 소리 지르고 만 마르셀라와 어깨를 축 늘어뜨리는 모니카, 올리아나.

헌터로 다양한 경험을 쌓았으니 결코 헛된 여행이 아니었음은 본인들도 잘 알고 있겠지만, 그래도 허탈한 건 어쩔 수 없는 일이었다.

"아니, 아델 씨는 아무런 잘못이 없지만요. 단지, 며칠만 더 기다렸으면 안 했을 고생이었다고 생각하니 푸념이 절로 나오네요."

마일도 그건 이해할 수 있었기에 고개를 끄덕였다.

자세히 보니 세 사람 모두 몹시 꾀죄죄했고, 땀 냄새가 났다. 머리도 한동안 감지 못한 듯했다.

"……머리도 몸도 옷도, 그렇게 더러워지고……. 고생 많이 하셨네요……."

무심코 침울하게 그런 말을 내뱉는 마일이었는데…….

"아니, 저게 정상이잖아!"

"여행 중인 여성 헌터치고는 꽤 깨끗한 편 아닌가?"

"저걸 더럽다고 말하면 다른 여성 헌터들은 뭐가 되냐고!"

주위 남자 헌터들 사이에 잇달아 옹호하는 목소리가 터져 나왔다.

"엥? 하지만 저희는……아얏!"

콩, 하고 레나가 스태프(지팡이)로 머리를 때려서 마일의 말을 끊었다.

쳐다보니 레나가 무서운 얼굴로 노려보고 있었다.

"……아, 아무것도 아니에요……."

그렇다, 여행이나 멀리 원정을 떠나도 차림이 깨끗할 수 있는 건 '붉은 맹세'뿐이었다.

평범한 파티는 휴대용 욕실을 짊어지고 걸을 수 없다.

평범한 파티는 야외에서 온수 샤워 같은 호사를 누리기 위해 마술사가 마력을 소진하는 바보 같은 짓은 하지 않는다.

평범한 파티는 몸과 옷에 청정마법을 쓰지 않는다.

평범한 파티는 갈아입을 옷으로 속옷 한 벌만 가지고 다닌다. 등에 짊어질 수 있는 짐에는 한계가 있어서 예비 무기, 야영 도구, 식량, 의약품 등 필수품 이외는 과감히 포기한다.

게다가 마술사가 없는 파티는 물을 따로 챙겨야 해서 더욱더 어려웠다.

늘 가도를 이용하며 7~8할은 야영이 아니라 여인숙에서 묵고 있는 '원더 쓰리'이기에 이 정도지, 돈에 여유가 없거나 수렵, 채취하면서 숲속을 이동하기 위해 여인숙에 묵지 않고 매일 야영할 때는 노숙자나 마찬가지인 상태가 되기도 한다.

"뭐, 뭐, 나머지 이야기는 숙소에서……."

길드 한복판에서 큰 소리로 대화를 나누는 건 아무래도 문제가 있었다.

그리하여 다 함께 레니의 여인숙으로 이동했다…….

* *

"으음, 손님을 데리고 오다니 무척 감동적인데요! 앞으로도 그 기세로 분발해주시길!"

"뭘 잘났다는 듯이 말하는 거야!"

의기양양한 레니의 말에 불평하는 레나.

뭐, 레니도 진지하게 한 말이 아니라 가벼운 농담이리라.

마일이 그렇게 말하면서 레나를 달래고 있는데…….

"엥, 진심인데요? 손님 유치, 힘써주셔야 해요?"

"진심이냐아앗!"

레니의 말에 천하의 마일도 확 깨고 말았다…….

아무튼 마르셀라 삼인방이 방을 잡고 그대로 다 함께 그 방으로 들어갔다.

"네에엣?! 하지만 듣고 보니 정말 그럴지도……."

방에 들어가자마자 '여행 중에 그렇게 청결할 수 있는 것은 『우리(붉은 맹세)』뿐이다'라는 레나의 말을 듣고 놀라면서도, 생각 끝에 납득한 마일.

마르셀라 일행은 주로 여인숙에 묵기는 했지만 갈아입을 옷이라고는 속옷 한 벌이 다였고, 온종일 걸으면 흙먼지에 땀범벅이 될 수밖에 없었다.

여인숙도 목욕탕이 갖춰져 있지 않아 세면대 물에 수건을 적셔 몸을 닦는 정도가 전부였다.

그나마 마르셀라 일행은 마법으로 물을 얼마든지 만들어낼 수 있었고 소녀들이라 수염이 나는 것도 아니어서 깨끗한 편이었다.

"맞아요! 학원에 있었을 때처럼은 할 수 없어요!"

얼굴을 살짝 붉히며 그렇게 말하는 마르셀라. 아무래도 여행하는 동안 '원래 그런 거'라고 결론 내리고 있었는데, 마일에게 지적받자 부끄러웠던 모양이다.

그렇다, 학원에서는 사흘에 한 번꼴로 목욕할 수 있었고, 샤워 물이야 얼마든지 쓸 수 있었다.

……물을 길어오는 일꾼에게 심부름 삯(팁)을 많이 챙겨줘야 해서 가난한 학생, 그러니까 장학생인 올리아나는 마련하기 힘든

금액이었지만, 그런 사람은 스스로 물을 길어오면 될 뿐이었다. 우물과 욕실은 붙어 있었으니까…….

그런 이유로 마일(아델)은 마르셀라 삼인방에게 굳이 청정마법을 가르쳐주지 않았다. 신체 청정마법도 옷 청정마법도…….

설마 세 사람이 헌터가 되어 여행할 줄은 꿈에도 생각 못 했으니 어쩔 수 없었다.

"……아니, 그런 건 아무래도 좋아요! 저희가 여기 온 목적을 정리해야 한다고요!"

그렇다, 어린 소녀들인 마르셀라 일행이 굳이 다른 나라를 여행했다는 건 그만큼 중요한 용건이라는 뜻이었다. 그런 생각에 진지한 표정으로 마르셀라의 이야기를 기다리는 '붉은 맹세'.

마침내 마르셀라의 입에서 그 용건을 담은 말이 나왔다.

"아델 씨, 저희 셋과 파티를 짜서 당장 동쪽 지방으로 여행을 떠나요! 이곳은 브란델 왕국과 너무 가까워서 위험해요! 그렇게 넷이서 4~5년, 아니 7~8년, 아니 아니, 10년 정도도 괜찮겠죠, 그때도 겨우 23살이니까……. 아무튼 넷이서 인생을 노래하는 거예요! 귀국해서 정략결혼 하기 전까지, 우리의 짧은『진정한 자신의 인생』을……. 당연히 함께해주시겠지요, 아델 씨?!"

"아델!"

"아델 짱!"

마르셀라 삼인방이 잇달아 손을 겹치자 감격해서 눈동자가 촉촉해지는 마일.

"무, 물론……."

““““웃기지 말라고오오오~~~!””””

성격이 온순한 메비스마저도 이마에 핏대를 세우며 격노했
다…….

“웃기는 소리 집어치워!”

“잠꼬대는 잘 때나 하세요!”

“마일은 『붉은 맹세』거야. 제삼자는 끼어들지 마!”

레나 일행, 격노했다.

‘이, 이건…….’

상황은 아수라장이었지만, 마일은 여기서 모두에게 꼭 해야만
하는 말이 있었다.

결심을 굳힌 마일이 입을 열었다.

“……그만해! 다들, 나 때문에 싸우지 마!”

‘했다! 언젠가 꼭 해보고 싶었던 대사, 제3위를 써먹었어! 설마
이런 요행을 만나게 될 줄이야…….’

흐흥~, 하고 콧바람을 내쉬며 만족스러운 얼굴을 보이는 마일.

““…….””

““““………….”””””

““““““………………….”””””””

““““““““뭘 남 일이라는 듯한 표정인 거야?!”””””””””

……모두에게 된통 혼났다…….

                    *   *

"어쨌든 너희는 단순히『옛 학창 시절 친구』이고, 우리가『현재, 직장 동료』라고. 어쩌다 만나 옛날이야기에 취해 친목을 다지는 거야 좋지만, 유효기간 지난 친구 놀이도 적당히 하지 않으면 보기 흉한 법이야."

"그래, 너희는 평범한 학생이 마일의 지도 덕분에 남들만큼 싸울 수 있게 된 것뿐이잖아? 우리처럼 원래부터 이 길을 걷던 사람이 마일의 지도로 비약적인 전투 능력을 갖추게 된 것과는 차원이 다르지 않아? 오크나 오거 정도라면 싸울 수 있겠지만 수인, 마족, 와이번(비룡), 나아가 지룡이나 고룡과 정면으로 싸울 수 있어? ……그래, 마일과 함께 싸우기에 너희는 역부족이야."

"어린 시절 어쩌다 같은 반이었을 뿐인 이유로 친해진 당신들이 언제까지고 계속 달라붙는 건 마일한테 민폐라고요. 마일의 발목을 잡는 행동이에요."

"""우쒸…….""""

너무나도 신랄한 레나, 메비스, 그리고 폴린의 말.

마음이 넓고 남에 대한 배려를 잊지 않는 메비스조차도 상당히 엄한 말을 자아내고 있었다.

……하지만 그 모든 말이 사실이었고, 마일 그리고 마르셀라의 안전과 미래를 생각하면 상대를 배려한, 성의가 담긴 말이기도

했다.

마일로부터 마르셀라 삼인방에 대해 전해 들은 레나 일행은 마르셀라 삼인방이 거친 일이 적성에 맞고 싸움을 잘하는 타입이 절대 아니라는 사실을 알고 있었고, 다른 선택지가 없는 레나 일행과 달리 세 사람은 저마다 귀족 가문에 시집, 상인 집안에 시집, 그리고 공직이나 귀족의 상급 하녀 등 그럭저럭 괜찮은 미래를 손아귀에 쥘 수 있었다. 군이 목숨을 걸어야 하는 밑바닥 직업인 헌터가 되어야 할 이유가 없었다.

그리고 '자신들(붉은 맹세)'보다 훨씬 약하고 안일한 마르셀라 일행과 함께 행동할 경우, 적을 너무 불쌍히 여기다가 혹은 마르셀라 일행이 인질로 붙잡히면서 마일이 쉽게 당해버릴 가능성이 있었다.

레나 일행은 자신이 인질로 붙잡혀 동료가 궁지에 내몰리게 된다면 민폐가 되지 않도록 즉시 자결할 각오가 되어 있었다.

……하지만 응석받이 귀족 또는 상인 집안의 아가씨, 그리고 평범한 시골 소녀는 과연 그런 각오를 다질 수 있을까…….

또 설령 각오할 수 있다 한들, 그렇게 쉽게 자결한다면 마일의 마음이 무너지지 않을까. 레나 일행이라면 그런 처지에 쉽게 빠지지 않을 자신이 있었지만…….

신랄한 말들을 흠씬 얻어맞은 마르셀라 삼인방은 말문이 막……히지 않고 태연하게 반문했다.

""""우리한테 싱겁게 진 주제에…….""""

""""윽…….""""

그렇다, '붉은 맹세'와 '원더 쓰리'가 처음 만났을 때, 마일이 '붉은 맹세' 쪽에 서서 4대3으로 대결을 펼쳤는데 '붉은 맹세'가 '원더 쓰리'에게 완패했다…….

아니, 그때는 애클랜드 학원 여자기숙사 실내여서 양옆과 아래층 사람들이 알지 못하게, 그리고 상대가 다치거나 실내 장식품을 망가뜨리지 않도록 하는 등 제약이 많았던 대결로 구속 마법과 육체 언어를 이용한, 이른바 '캣 파이트' 같은 것이었다.

하지만 그렇더라도 서로 조건은 똑같았고, '전력'은 아니었어도 '진심'이기는 했다.

그런 상황에서 머릿수가 하나 더 많은 '붉은 맹세'가 완패했으니 변명의 여지도 없었다.

풀타임 전업 C등급 헌터가 연하인 학원 여학생 세 명에게 진 것이다. 변명하면 할수록 자신들만 부끄러워질 뿐이었다.

"으으으……."

"윽……."

"우우우……."

그래서 '원더 쓰리'의 공격에 반론하지 못하는 레나 일행.

"그런데 여러분, 가족들이 걱정하시는 건……."

마일이 걱정스러운 표정으로 묻자…….

"어머, 저희는 일단 아델 씨가 무사한지 확인하기 위한 명목으로 모레나 왕녀 전하의 허락을 받고 움직이고 있어요. 왕족들의 기대를 짊어진, 이보다 더할 수 없이 명예로운 임무를 맡은 만큼 가족들도 다들 응원해주었지요. 그 임무가 좀처럼 아델 씨……

아스컴 자작을 찾을 수가 없어서 몇 년에 걸친 장기 임무가 되는 것뿐이니까, 문제 될 건 하나도 없거든요? 오호호호!"

"'이, 이것들이…….'"

이쯤 되자 마침내 '원더 쓰리'의 꿍꿍이를 알아차린 '붉은 맹세'의 세 멤버.

……다른 한 명? 마일은 아무것도 몰랐다…….

"그리고 우리를 걱정한다면 좋은 방법이 있어요. 아델 짱이 우리와 함께 행동하고, 위험하지 않은 간단한 의뢰만 받거나 헌터로서 일할 자격을 유지하는 데 필요한 최소한의 일만 하면서 넷이서 작은 가게를 연다거나 하면 돼요. 우리는 고향 계좌로 월급이 꼬박꼬박 자동으로 들어오고 있고, 마르셀라 씨도 모니카 씨도 집안이 유복하시니까 귀국 후를 위해 저축할 필요도 없지요. 너무 불안해하면서 큰돈을 벌려고 하지 않아도 돼요. 매일 즐겁게 사는데 드는 돈만 벌면 충분하다고요. 그쪽 분들은 등급 업이라든지 돈을 벌기 위해서라며 강한 마물을 상대해야 하는 의뢰나 아델 짱이 원하지 않을 대인전 같은 『위험한 일』을 시킬 생각이죠?"

"으…….'"

올리아나의 지적에 또 반론하지 못하는 레나 일행.

말로는 마르셀라와 올리아나를 도저히 이길 수 없다는 사실을 깨달은 레나 일행은 마지막 수단을 쓰기로 했다.

……너무 일찍 내민 '마지막 수단'…….

"마일! 확실하게 말해줘 버려, 『저는 '붉은 맹세'의 일원으로 행동하겠습니다』라고!"

"엥……."

갑자기 자신에게 떠넘기자 당황한 마일.

메비스와 폴린도 마일이 당연히 자신들을 선택할 거라고 확신하는 눈으로 쳐다보았다.

'으아. 으아아아아…….'

소중한 친구 중 누군가를 선택하는 것.

그걸 마일이 할 수 있을 리 없다.

전생과 현생을 통틀어 처음 사귄 친구인 마르셀라 삼인방.

목숨을 서로 맡긴 사이인 레나 일행.

둘 다 소중한 친구들…….

'어, 어떻게 해야…….'

초조해하며 고민한 끝에 마일은 마침내 말을 골랐다.

"부탁이에요! 다들, 저 때문에 싸우지 말아요!"

""""""그건 이제 됐다고!!!"""""""

마일은 마르셀라를 비롯한 '원더 쓰리'와 함께 헌터로 활동하는 것은 생각해보지도 않았다.

그녀들은 다들 가족이 있고 제대로 된 생활기반이 있었다. 그렇다, 위험한 밑바닥 직업인 헌터 일과는 인연이 먼 소녀들이었다.

그래서 '전투에 뛰어들고, 남들 눈에 잘 띄는 곳에서 마법을 구사할 일은 없겠지' 싶어서, '마법의 진수'로 이것저것 가르쳐준 것이었다. 시답잖은 일로 목숨을 잃길 바라지 않았으니까…….

원래부터 마법에 재능이 별로 없는 아가씨로 살아갈 마르셀라 일행이라면 발설 금지라고만 말해두면 가르쳐준 내용이 다른 사람들에게 퍼지거나 큰 영향을 미칠 걱정은 없으리라. 마르셀라 일행은 친구와 한 약속을 어기는 사람들이 아니니까.

……그렇게 생각했기에 가르쳐준 '마법의 진수'였던 것이다.

반면 레나 일행은 신뢰하는 동료이기는 해도 원래부터 뛰어난 자질을 갖추고 있었고 늘 싸움터 속에 있는 사람들이었다. 그런 그들에게 '마법의 진수'를 가르쳐준다면 바로 연구하고 응용할 게 뻔했다.

또 자신뿐만이 아니라 현재, 그리고 미래의 동료들을 지키기 위해 활용하면서 지식과 기술이 퍼지리라.

그렇기에 '원더 쓰리'에게 알려준 기본적인 것들을 '붉은 맹세'의 세 사람에게는 알려주지 않아서 기초로도 응용으로도 이어지지 않도록, 일부러 중요한 부분을 생략하고 '딱 그 부분에만 쓸 수 있는 왜곡된 교수법'으로 전수해주었다.

그런데도 다들 스스로 이것저것 연구해서 응용하기 시작해 조금 초조해진 마일이었는데…….

"……저는, 저기, 마르셀라 씨들과 함께 헌터를 하는 건, 생각해 본 적이 없어요…….."

마일의 말에 그것 보라는 듯 의기양양한 표정을 짓는 레나 일행, 그리고 그와 대조적으로 망연자실한 표정인 마르셀라 일행.

"레나 씨를 포함해 세 분은 헌터 양성 학교에서 만났어요. 그러니까 저와는 아무 상관 없이, 원래부터 헌터로 이름을 날리는 것을 꿈꾸던 분들이란 이야기죠. 하지만 마르셀라 씨들은 원래 헌터가 될 생각 따위 눈곱만큼도 없었잖아요? 귀족의 딸인 마르셀라 씨도, 상인 집안의 딸인 모니카 씨도, 마을에서 미래를 촉망받는 영재인 올리아나 씨도……. 그런데 저 때문에 모두의 인생을 억지로 틀어서 위험에 뛰어들다니…… 전 그런 일을 시킬 수 없어요!"

그렇게 말하며 시선을 내리깔고 미안한 표정을 짓는 마일.

""""………….""""

마일이 그렇게 말하니 마르셀라 일행은 반론할 수 없었다.

자신들도 알고는 있었다.

원래 자신들은 거친 일, 그러니까 마물과 싸운다거나 호위 임무로 대인 전투를 하는 것에 약했고 적극적으로 하고 싶은 것도 아니라는 사실쯤은…….

그저 아델에게서 배운 '마법의 진수' 덕분에 실수 없이 해낼 수 있고 ……'아델과 함께 행동하기 위해서'라는 이유만으로 그 길을 선택한 것일 뿐이다. 딱히 헌터로 생계를 꾸려간다거나 높은 등급을 목표로 삼은 게 아니었다.

"그러니까 마르셀라 씨들은 앞으로 무리해서 헌터가 되겠다는 생각은 하지 마시고……."

"네? 하지만 저희는 이미 헌터가 된 지 2년 가까이 지났고, 지금 다들 C등급인데요?"

"……헉?!"

""""허어어어어억?!!""""

경악하는 '붉은 맹세'.

그도 그럴 것이다. 양성 학교도 없는 나라에서 학원을 이제 막 졸업한 13살 소녀들이 C등급, 그것도 세 명 모두라는 것은 흔치 않은 일이었으니까. 게다가 지금의 모습은 그렇다고 쳐도 졸업할 때까지 헌터와는 전혀 무관했던 세 사람이…….

심지어 2년 전이라면 마일이 헌터 등록을 했을 무렵과 거의 비슷했고, 어쩌면 양성 학교에 입학하고 F등급으로 등록한 메비스와 폴린보다 선배일지 몰랐다. ……아무리 그래도 C등급이 된 건 '붉은 맹세'가 훨씬 빨랐지만…….

"……저번에 만났을 때 말하지 않았었나요? 헌터로 활동하고 있다고…….."

"""못 들었거든!"""

뭐, 그건 조금 전에 마일이 말한 '마르셀라 씨와 함께 갈 수 없다'라는 이유와는 상관없는 이야기다. D등급이든 C등급이든, 상황은 달라지지 않는다.

"뭐, 그건 그렇다고 치고, 여러분은 고향으로 돌아가서 안전하고 행복한 인생을…….."

"단순한 장기 말로 곧바로 정략결혼 당하고 새장에 갇힌 새가 될 거라고요! 그야 안전하기야 하겠지만, 저의 꿈, 저의 『행복』과는 다른 문제예요!"

"저도!"

"장학금 반환 면제 때문에 직장에 평생 몸이 묶이게 된다고요!"

눈매가 작고 얇은 올리아나마저 눈을 번쩍 뜨고 화난 목소리로 말했다.

그것도 불행한 미래는 아닐 터였지만, 이미 한 번 맛본 '엄청나게 재미있는 시간'을 포기하고 결혼에 나서기에 13살이라는 나이는 너무 어렸다…….

'붉은 맹세'와 '원더 쓰리'가 한 파티가 되자는 이야기는 나오지 않았다.

검사, 한 명. 마법 검사, 한 명. 마술사, 다섯 명.

……균형이 맞지 않았다.

귀족, 세 명. 상인의 딸, 세 명. 평민, 한 명.

편차도 맞지 않았다.

리더 같은 인물, 두 명(메비스를 제외하고). 속이 시커먼 듯한 인물, 두 명. 돈 밝히는 사람, 두 명. 착한 사람, 두 명(중복 있음).

캐릭터가 겹치는 것도 정도가 있지.

""""………….""""

레나 일행은 자각했다.

마일에게 지나치게 의존하고 있다.

전투력에는 각자 나름대로 자부심이 있지만…….

수익과 헌터의 생활면에 있어서 마일의 '특제 수납마법'은 지나치게 편리했다. 너무 과하게 편리했다…….

""""………….""""

마르셀라 삼인방은 알아차렸다.

자신들은 아델에게 필요 없는 게 아닌가 하고.

아무리 학창 시절에 친하게 지냈다고는 하나 그로부터 2년이 지났다.

아델은 새로운 동료를 얻었고 새로운 생활 그리고 새로운 보금자리를 마련했다.

그런데 이제 와 자신들이 뻔뻔하게 등장해서 억지로 끼어들어 동료와 갈라놓으려 하고 있다.

이미 자신들보다 함께한 지 오래인 새 동료들과의 사이를……

하지만 '원더 쓰리'의 입장에서는 아델 없이는 헌터를 계속할 의미조차 없었다.

고국을 뛰쳐나와 억지 이유를 갖다 붙인 여행은, 다 아델이 함께할 거라는 전제하에 저지른 행동이었다.

……최악이다.

동시에 그렇게 생각한 '붉은 맹세'와 '원더 쓰리'.

하지만 어느 쪽도 마일을, 아델을 빼놓고 셋이서만 헌터 일을 계속해 나갈 자신은 없었다.

하지만 마일에게, 아델에게 기대 헌터 생활을 계속한다는 건 부끄러운 일이다.

그럼 어떻게 해야……

마일을, 아델을 의지하지 않고도 잘해나갈 수 있음을 증명하고, 당당히 함께 헌터 생활을 해나갈 수 있으려면……

레나와 마르셀라가 얼굴을 마주 보고 동시에 소리쳤다.

""마일(아델 씨) 없이 우리 여섯이 파티를 짜면…….""

"왜 이야기가 그렇게 되나요오오오~~!"

마일의 화난 목소리가 숙소 안에 울려 퍼졌다…….

……본말전도였다.

"무, 무무무, 무슨 소릴 하는 거예요오오오~!"

마일, 격노했다.

자신을 두고 싸우던 두 남자가 의기투합해 자기들끼리 친해져서 떠나는 장면.

그런 환시를 보고 혼란에 빠진 마일.

모처럼 얻은, 처음 사귄 친구들과 신뢰가 두터운 동료들.

그 양쪽이 동시에 자신을 버려두고 떠나는 꼴은 볼 수 없었다. 눈에 눈물까지 맺혔다.

레나와 마르셀라는 동시에, 그냥 아무 생각 없이 반쯤은 농담 삼아 말해본 것일 뿐이었는데…….

((어라? 혹시 정말 그것도 가능한 건…….))

이상한 방향으로 서로 생각이 일치했다.

물론 마일을 버릴 생각은 없었다.

마일을 빼고 합동 의뢰를 받아서 서로의 역량, 그리고 마일(아델)에게 어느 쪽이 더 어울리는지 상대에게 보여준다는 의미로 두 사람은 서로를 보며 고개를 끄덕였다.

""그럼 그렇게 하는 거로!""

"으아아아아아~~악!"

착란에 빠져 울부짖는 마일이었다…….

＊　　＊

"뭐야, 그런 거였어요?"

레나와 마르셀라로부터 사정을 듣고 그제야 안정을 찾은 마일.

"하지만 저, 둘 중 누가 더 강한지로 결정하는 건 좀……."

조금 말하기 어려워하는 마일을 보며 마르셀라가 미소 지었다.

"그 정도는 알아요. 아델 씨가 그런 분이라는 것 정도는요."

"무, 물론, 그건 당연하지!"

마르셀라의 말에 부드럽게 미소 짓는 마일을 보며 위기감을 느 꼈는지, 허둥지둥 그렇게 말하는 레나. 아무래도 마일을 제일 잘 이해하는 것은 '원더 쓰리'인 듯했다.

'원더 쓰리'와 알게 된 지는 1년 2개월. 기숙사는 모두 일인실이 어서 다른 방에서 지냈다.

한편 '붉은 맹세'와 알고 지낸 기간은 헌터 양성 학교를 포함해 2년이 약간 안 된다. 양성 학교의 기숙사도, 여인숙도 늘 같은 방이었다.

……하지만 무슨 영문인지 마르셀라 쪽이 마일과의 거리가 더 가까운 듯한 기분이 드는 레나 일행.

그런데 거기서…….

"저기, 마르셀라 씨, 저를 『아델』이 아니라 『마일』이라고 불러주 셨으면……."

"""앗……."""

마일의 말에 격하게 동요하는 마르셀라 일행.

그렇다, 마르셀라 일행에게 아델은 어디까지나 '아델'이었다.

지금 쓰는 가명이 아니라, 자신들이 알고 있고 부르기에 익숙한 진짜 이름.

그 이름을 부름으로써 예전부터 이어온 인연 그리고 레나 일행과는 다르다는 것을 보여주려는 의도도 있었다. 그런데 그 이름, '아델'을 거부당한 것이다.

충격적인 말이었다.

"저, 그 이름을 버리고 지금은 『마일』로 지내고 있어요. 그러니 『아델』이라는 이름은 우리 넷만 있을 때, 다른 사람이 없을 때만……."

""""아…….""""

그렇다, 아델, 아니 마일은 현재 모국에서 도망친 상태였다.

목숨을 노릴 가능성이 있었던 아버지와 새어머니는 처형당해 이제 이 세상에 없으니 그들로부터 더 도망칠 이유는 없었지만, 그 대신 국왕의 눈에 띄어 아스컴 자작의 의무(영민을 보살필 의무와 귀족으로서 국가와 왕가에 충성할 의무)가 올 것 같아, 돌아가지 않고 마음껏 헌터 생활을 계속하고 있는데, 그런 마일의 본명을 남들 앞에서 큰 소리로 연호해서야 되겠는가.

뭐, 실제로는 자기 나라 귀족의 불상사를 다른 나라에 떠벌리고 다닐 사람은 없고, 아델을 찾으려고 다른 나라에 대놓고 병사와 간첩을 보낼 수도 없는 노릇이며, '여신이 깃든 귀족 소녀'가 나라를 빠져나갔다는 사실과 그 존재를 다른 나라에 알릴 수도 없으니 아델의 이야기가 외국에 흐르는 일은 없을 거다.

물론, 큰길가에서 떠들어댔으니 확실하지 않은 정보가 약간 새었을 수도 있지만, 그것만으로는 '아델 폰 아스컴'이라는 이름의 귀족 소녀와 '마일'이라는 이름의 C등급 헌터 소녀가 같은 인물이란 진실에 닿지 못한다. 학원에서 아델은 평민 행세를 하기도 했었으니까…….

　아무튼, 다른 나라에서 '아델'이라는 이름이 다소 들린다고 해도 별일은 없을 터였다.

　만약 가문의 불상사가 외국에 다소 퍼진다고 하더라도 '아스컴 자작가'라는 이름과 아버지의 이름이 새어나가는 것 정도이지, 딸의 이름 따위야 소문이 번지는 과정에서 사라질 터다.

　게다가 헌터 지부에서도 과거를 버린 헌터가 새로운 이름으로 헌터 등록을 하는 일은 그리 드물지 않았다.

　그것은 그 사람의 '새 이름'이지 '가짜 이름'이 아니다.

　그렇다, 마일이 다른 이름으로 불린다고 해도 그걸 신경 쓰는 자는 아무도 없었다.

　괜히 헌터의 과거를 캐려 하는 자가 있다면 다음 날 도랑에 빠진 사체로 발견된다 해도 아무도 놀라지 않을 것이다.

　그건 도적이 상단을 습격했다가 복수 당하는 것과 다를 바가 없다. 그걸 범죄라고 할 사람도 없다. 설령 경관이라 하더라도.

　그것이 헌터 사이에서의 암묵적인 이해이자 상식이었고, 헌터가 아니라도 그 규칙을 다들 존중했다. 목숨과 관련된 일이었기에 어린아이들에게도 잘 가르쳐서 고아들 사이에조차 상식이 되어 있었다.

하지만 모든 일에는 '만일'이 있는 법이며, '무심코'라든지 '불행한 우연'도 있다. 이 도시에서 마일의 모국으로 돌아가는 상단이 있을 수도 있으며, 그 호위로 일하는 헌터가 있을 수도 있다. 누가 들을 가능성이 0이 아닌 이상, 굳이 화근을 남길 이유는 없었다.

마르셀라 삼인방은 거기까지 생각이 미치지 못해 지금까지 다른 사람 앞에서 몇 번이나 '아델'이라고 부르고 만 것을 후회했고, 그 이상으로 이제 남들 앞에서 '아델'이라는 이름으로 친구를 부를 수 없게 된 데에 낙심해 울적한 표정으로 고개를 푹 숙였다. 얼마나 크게 낙심했는지, 천하의 레나도 차마 놀리지 못할 정도였다.

──우리끼리 있을 때는 예전처럼 '아델'이라는 이름으로 불러도 된다.

그 말도 충격적이었다.

자신이 고양이의 주인이라고 생각했는데 사실은 진짜 주인이 따로 있었고, 자기 집은 그냥 '주인이 없어 한가하고 따분할 때만 들리는 별장'이었다는 걸 알았을 때의 기분이라고나 할까? 아니, 마일이 마르셀라 삼인방의 고양이라는 것은 아니지만…….

입을 꾹 다문 마르셀라 일행을 보며, 분위기를 읽을 줄 아는 사려 깊은 메비스가 허둥지둥 화제를 바꾸었다.

"다, 다들, 저녁 먹기 전에 목욕탕에 가는 게 어때? 이 여인숙, 이래 보여도 목욕탕이 있어!"

"""…………"""

아무 말 없이 고개를 끄덕이는 마르셀라 삼인방.

목욕탕이 있다는 건 반가운 이야기지만, 기뻐할 기분은 아니었다.

"마일, 안내해줘!"

레나도 그 정도로 무자비한 사람은 아니었다. 낙담한 마르셀라 일행에게 마음이 쓰였는지 마일에게 함께 가라고 재촉했다.

"아, 네, 네엣!"

그리하여 마일과 함께 목욕탕으로 향하는 '마르셀라' 일행.

"그래도 마일은 못 줘."

그들이 떠난 후 레나가 불쑥 중얼거렸다.

"아니, 그걸 정하는 건 우리가 아니잖아."

조금 전에는 자기도 모르게 동요해서 멋대로 말해버렸지만, 머리가 식고 마음이 차분해지자 지극히 올바른 말을 하는 메비스. 역시 상식 있는 '붉은 맹세'의 양심이었다.

"".............""

그 말을 듣고 레나와 폴린이 불만스러운 표정을 지었다.

둘 다 그게 옳다는 건 알고 있었다. 하지만 A등급을 목표로 삼은 레나도, 저축을 목표로 삼은 폴린도 마일을 놓치고 싶지 않았다. 이해타산뿐만이 아니라 2년간 함께 배우고 싸우고 서로 도와온 동료로서도.

마일에게 레나 삼인방은 마르셀라 일행에 이어 두 번째로 생긴 소중한 '친구'이지만, 그렇게 따지자면 철들었을 무렵에는 이미 아버지와 둘이서 행상 여행을 하던 레나도, 귀족 가문 아가씨로 가족의 보호를 받으며 소중하게 자라온 메비스도, 상인 집안의 아가씨로 자란 폴린도 허심탄회하게 속마음을 털어놓을 수 있는 '허물없는 친구', '절친'이자 '동료'를 얻은 것은 이번이 처음일지도 몰랐다.

헌터 양성 학교에서의 반년간의 기숙사 생활. 그리고 이어서 여인숙과 야영으로 1년 반.

늘 숙식을 함께하고, 서로를 도운 2년간.

마일이 마르셀라 일행과도 레나 일행과도 헤어지고 싶지 않은 것과 마찬가지로, 레나 일행 역시 마일과 헤어지고 싶지 않았다.

그리고 그건 함께 지낸 기간이 '붉은 맹세'보다 짧은 마르셀라 일행도 같은 마음이었다.

메비스, 레나, 폴린의 바람.

마르셀라를 비롯한 '원더 쓰리'의 바람.

그리고 마일의 바람.

각자가 원하는 것과 각자의 '진정한 행복'에 이르는 길이 꼭 같은 길이라고 말할 수는 없다.

원하는 길을 걸은 결과가 불행이라면.

원하지 않은 길을 걸은 결과가 생각지도 못한 요행과 진정한 행복이라면.

누구도 남의 인생에 간섭하거나 강요할 수 없다.

그렇다, 누구도 책임질 수 없으니까.

하지만 자기가 원하는 길, 걸으려고 하는 길을 남의 길이 막는다면.

……그때는 자신의 길을 걷기 위하여, 남의 길을 막아버려도 되지 않을까?

법이 허락하는 범위 내에서.

* *

"여기가 목욕탕이에요!"

"""오오오…….""

감격한 나머지 마르셀라 일행의 목소리가 떨렸다.

지난번에는 이 도시에 며칠밖에 머무르지 않아서, 도중에 마일을 찾는다고 여인숙을 바꾼 적은 있지만, 이 여인숙은 처음인 듯했다.

"여기가 탈의실……아!"

마르셀라 일행에게 설명해주다가 뭔가가 떠오른 마일.

"저기~, 여러분에게 『청정마법』을 알려드릴까 하는데요."

"『청정마법』? 뭔가요, 그게?"

"으음, 몸과 옷의 청결을 유지하는 마법이에요. 이걸 쓰면 세탁과 목욕을 하지 않아도──히익!"

"……."

"""………….""

"""……………."""

"""왜 그 마법을 안 알려준 거냐고요오오오오오오!"""

"어버버, 죄, 죄송합니다아아아아아!"

아무리 마음을 허락한 친구라지만 이 세상에는 용서할 수 없는 것이 있다.

헌터라는 이유로 체념하고 눈물을 머금으며 시궁창에 처넣어 버린 '소녀의 존엄과 수치심'.

……그런데. 그런데, 버릴 필요가 없었다고?

마일이 그 편리한 마법을 진작 알려주기만 했어도…….

"모니카 씨, 올리아나 씨, 『간질이기 벌』입니다!"

""네!""

꾸욱!

꾸욱!

마일의 양팔을 잡고 어깨를 누르는 모니카와 올리아나.

마일의 머릿속에 2년 전의 일이 떠올랐다. 지옥의 징계, 벌 게임의 기억이…….

"그, 그만, 그만……, 싫어어어어어~~!"

""""헤엑헤엑헤엑…….""""

거친 숨을 내쉬며 완전히 녹초가 된 네 사람.

너덜너덜 땀투성이였다.

"……목욕하기 전이라 다행이네요."

그렇다, 목욕을 마친 후였으면 대참사였겠지만, 입욕 전이니 아무 일도 아니었다.

FUNA 지음
아카타 이츠키 일러스트
조민정 옮김

평균치로

저, 능력은

Lend Bless me!

13

해달라고

말했잖아요!

초판 한정
쇼트 스토리 리플릿
〈새로운 무기〉

13권 본편을 먼저 읽어주시길 바랍니다.

S NOVEL

〈새로운 무기〉

"……무기를 만들어 봤어요."

"또 생뚱맞게……."

마일이 갑자기 말을 꺼내자, 늘 그렇듯 황당하다는 얼굴로 한숨을 토하는 레나.

"그래, 이번엔 뭘 만들었는데? 저번처럼 변신 장면에서 알몸이 되는 마법 지팡이라든가?"

지난번에 피해를 입지 않은 메비스가 대수롭지 않은 투로 말했지만, 레나와 폴린의 입장에서는 두 번 다시 떠올리고 싶지 않은 흑역사였다. 그래서 메비스의 말이 농담이라는 것을 알면서도 발끈하는 표정을 지었다.

"아뇨, 이번에는 검이에요. 모양은 쓰던 검과 다르지 않지만, 재질을 바꿔 봤어요. 바로 이거예요!"

마일이 아이템 박스에서 검을 꺼내 메비스에게 쑥 내밀었다.

"초합금, 『강한 뉴 Z』로 되어 있어요!"

마일은 예전에 거대 골렘을 만들 때도 소재명으로 그런 이름을 붙인 적이 있었다. 상당히 마음에 드는 이름인가 보다…….

"초합금, 강한, 뉴, 이 세 가지는 이해하겠는데 『Z』는 뭐야?"

레나가 묻자 마일은 가슴을 당당히 펼치며 대답했다.

"신도 악마도 될 수 있는 굉장한 녀석이요!"

"무슨 소리인지 하나도 모르겠다고!"

레나가 그렇게 말하는 것도 무리는 아니었다. 지금은 일본에서조차 그걸 아는 사람이 극히 드물 테니까…….

그리고 그 이름은 뭔가로부터 멀어지려고 하다가 다른 뭔가에 한없이 가까워져 버리고 마는 위험함이 있었다…….

"마일, 너 괜찮은 거야?"

"괜찮냐니, 뭐가요?"

"아니, 누군가가 다이내믹하게 화내진 않을지……."

"그러게요. 프로 분들이라든지……."

"괜~찮아요. 뭐 그런 사소한 걸로!"

"사소하지 않은데! 큰 문제인데!"

아무튼 불안해하는 모두를 아랑곳하지 않고, 숲에서 메비스의 검 시험이 시작되었다.

"비기, 아이언 커터!"

"스크랜더 커터!"

신검으로 커다란 나무를 척척 베는 메비스.

"……『신검』이 아닌데요…….."

"초합금, 『강한 뉴 Z』로 되어 있다면서 왜 『아이언』인데?"

"그리고 『스크랜더』는 무슨 뜻인가요?"

"그냥 넘어가요오~, 그런 사소한 건!"

"어땠나요, 티루스 왕국의 화산지대 지층에서 발견한 새로운 원소 『티루늄』으로 만들어진 초합금 『강한 뉴 Z』제 검이?!"

"금시초문이야, 그런 발견!"

"레나 씨, 마일은 『발견된』이 아니라 『발견한』이라고 했어요!"

"발견한 게 너냐!"

"자, 어때요, 메비스 씨! 이 검이면 상대의 검을 뎅강 베어버릴 수 있다고요!"

마일이 자신만만하게 말했는데…….

"땡!"

메비스로부터 무정한 선고가…….

"허어어억! 왜, 왜요?! 한 방에 상대 검을 잘라 날려버릴 수 있는데!"

메비스의 대답에 믿을 수 없다, 이해할 수 없다는 식의 표정을 짓는 마일이었는데…….

"단칼에 상대 검을 절단 내서야 승부를 겨룰 수가 없잖아……."

"아니, 지금 무슨 안이한 소릴 하는 거예요! 적에게 자비를 베풀고 봐주다니, 상대에게 실례라고요!"

"……아니, 들어오는 검을 막은 순간 상대의 검이 부러지면 그 아래쪽에 그대로 내 몸이 베이잖아?"

"아…….'

"종료! 이번 시험, 종료!"

커다란 목소리로 내려진 레나의 판정에 힘없이 무너지는 마일이었다…….

"가해자가 할 말은 아닌 것 같은데요오오오!"

그리고 다시 기운을 내서 세 사람에게 옷 청정마법과 몸 청정마법을 알려주는 마일.

그 두 마법은 똑같은 '청정마법'이라도 미묘하게 조금 다르다.

몸은 옷과 달리 제거해야 할 것과 제거하면 안 되는 것의 경계선이 모호해서, '신체 이외에 쓸데없는 것을 분해하고 없애라'고만 하면 몸 표면에 있는 선옥균(善玉菌)이며 피부를 지켜주는 지방, 피지막, 각질 등 있어야 할 것까지 전부 깨끗하게 제거될 가능성이 있었다.

다만 급하다거나 대충해도 될 때는 모호한 '청정마법을 이용한 오염 분해 제거' 말고, 평범한 세정마법으로 몸과 옷에 동시에 거품을 묻혀 보글보글 씻은 다음 물로 헹구고 말리는 투박한 방법도 있지만……

마르셀라 일행은 3년 전, 마일을 만나자마자 '마법의 진수'를 배웠고 그 후 1년 2개월간 마일과 함께, 그리고 그 후에는 셋이서 다양한 연구와 연찬을 거듭해온 것이다. 그리하여 마일에게서 대략적인 설명만 듣고도 곧바로 '청정마법'과 '세정마법'을 습득했다.

"이, 이렇게 간단하다니……"

"저, 저희가, 여행 내내 했던 그 고생은……"

"…………"

다시 무섭게 노려보자 마일이 무심코 목을 움츠렸다.

"죄, 죄송합니다아……"

그렇게 목욕탕에 들어갔다.

아무리 마법으로 몸이 깨끗해졌다지만 목욕탕은 또 다른 법.

따뜻한 물을 끼얹고, 뜨끈뜨끈한 욕조에 몸을 담근다.

그렇다, 목욕탕은 꼭 몸을 깨끗이 하기 위해서만 들어가는 게 아니다.

몸을 씻는 것 이외에도 휴식을 취하거나, 몸과 마음을 따뜻하게 하는 등 다양한 목적이 있다.

물론 씻는다는 의미에서도 모공 속 노폐물을 제거하는 등, 물이나 마법으로 씻거나 세면대에 뜨거운 물을 받아 수건으로 닦아낼 때와 또 다른, 목욕만의 효과가 있다.

"흐아아~, 기분 좋아요~~……."

연습을 겸해 청정마법으로 몸을 깨끗이 했지만 일단 매너로 몸을 씻은 다음 탕에 들어간 네 사람. 지금은 '붉은 맹세'가 머무르고 있기에 칸막이를 없애고 욕조 전체를 개방해 네 사람 정도는 넉넉하게 들어갈 수 있었다.

참고로 욕탕에 들어가기 전에 샤워하고 들어가는 건 단순한 매너가 아니라, 욕탕의 물 온도에 놀라지 않도록 준비하는 과정이다.

이렇게 함으로써 입욕 중의 뇌졸중과 심장발작을 예방할 수 있다. 아무리 다들 어리다고는 하나, 몸에 쓸데없는 부담을 주지 않는 게 좋다.

네 사람이 같이 욕탕에 들어가는 것은 학원의 대욕장 이후 처음이었다.

……그리고 세 사람은 그렇다고 쳐도, 마일과는 2년 만이었다.

빤~~히.

빤~~~~히.

""""…………."""""

홋, 하고 마일에게서 시선을 돌리는 마르셀라 일행.
"뭐예요! 그 연민의 눈빛은 대체 뭐냐고요오오오오~~!"
마일, 격노.
하지만 어쩔 수 없었다.
마르셀라 일행은 세 사람 모두 지난 2년간의 성장이 여실히 드러나 있었다.
……특히 그, 가슴 쪽이.
그리고 마일은…….

"……."
""………….""
"""………………."""""

"으아아아아아~~!"
욕실에 마일의 비명 같은 외침이 울려 퍼졌다…….

＊　＊

"왜 너만 그렇게 맥이 빠졌어……."

목욕하고 돌아온 네 사람 중 마일의 모습에 레나가 이상하다는 듯 물었다.

"레나 씨, 목욕탕에 같이 가요……."

"뭐? 너는 방금 돌아온 참이잖아?"

레나는 마일의 얼굴과 마르셀라 일행의 얼굴을 번갈아 보며 양측의 시선을 더듬었다.

"너, 너 서, 설마……."

모든 것을 알아차린 레나.

"나를 보고 기분 전환이라도 할 셈이었냐아아아! 너보다 크거든, 웃기지 말라고오오오!"

지독한 싸움이 시작되고 말았다.

마르셀라 일행은 곤혹스러워했지만, 메비스와 폴린은 익숙한 일이라 눈 하나 깜빡하지 않았다.

그리고 메비스가 불쑥 중얼거렸다.

"싸움은 수준이 같을 때만 일어나는 법이지."

그것은 미아마 사토데일의 소설에 자주 등장하는 한 구절이었다.

제97장   합동 수주

"그런 이유니까, 합동으로 의뢰를 받자!"

"뭐가『그런 이유니까』인가요!"

마일의 지적은 그대로 무시하고 고개를 끄덕이는 여섯 명.

"우선 서로의 실력을 확인하지 않으면 이야기가 되지 않으니까요. 저희도 이의 없어요."

마르셀라의 말에 모니카와 올리아나도 고개를 끄덕였다.

이렇게 해서 '붉은 맹세'와 '원더 쓰리'의 합동 수주가 결정되었다.

*   *

"자, 가볼까요."

""""""하앗""""""

다음 날 아침, 아침을 먹고 잠시 휴식을 취한 후, 다 함께 숙소를 나선 '붉은 맹세'와 '원더 쓰리' 임시 합동 팀.

식후에 바로 격한 운동을 하면 좋지 않지만, 조금 쉰 다음 천천히 걸어가면 사냥터에 도착했을 무렵에는 딱 좋은 상태가 된다.

보통은 길드 지부에 일찍 가야 할만한 의뢰를 찾거나, 의뢰를 물색할 시간을 벌 수 있으니 아침을 먹자마자 바로 나가지만, 오늘은 그럴 필요가 없었다.

이번 목적은 특정 의뢰를 받는 것이 아니라 프리 플레이, 즉 의뢰를 따로 받을 필요가 없는 상시 의뢰와 소재 채취를 그때그때 되는 대로 할 예정이었다.

목적지는 C등급 하위에서 중간 정도 되는 파티가 자주 찾는 숲이었다.

그곳에는 오거가 살고 있어 D등급 상위보다 아주 조금 나은 C등급 하위 파티가 가기에는 좋지 않았다.

설령 오거를 쓰러트린다고 해도 파티 멤버가 한 명이라도 크게 다치면 끝이다.

중상자를 부축하려면 기껏 잡은 사냥감을 포기해야 한다. 그리고 치료비, 완치까지 활동 중단, 기타 등등 다른 문제도 많았다.

치료에도 문제가 있다.

후유증이 남거나, 팔이나 다리를 잃을 수도 있고, 최악에는 사망할 수도 있다.

그런 위험을 무릅쓰는 파티는 시작 한두 달 만에 모습을 감춘다.

그래서 헌터는 토벌 의뢰를 받을 때는 95%는 무사히 돌아올 수 있고, 4.99% 확률로 가끔 가벼운 부상자가 한둘쯤 나오는 정도의 의뢰를 받았다.

아무리 실력이 있어도, 아무리 간단한 의뢰라도 '100%', '절대'는 없다. 어쩌다 0.01%의 '불행한 일'이 일어날 수도 있고, 그 확률을 줄이는 건 파티 리더의 판단력과 파티의 실력에 달려 있었다.

다만 호위 의뢰는 공격당할 확률도, 적이 얼마나 강한지도 그때그때 다르기에, 전투가 벌어졌을 때는 부상과 사망 확률이 확 올라간다.

그래서 상대가 안 될 것 같다는 판단이 들면 처음부터 항복하는 경우가 꽤 많았다.

아무튼, 일곱 명이 모여 상시 의뢰를 위해 출격했다.

'일곱 명의 레이디(숙녀)가, 상시 의뢰 레디(준비 완료). 레이디 조지(국내에는 『들장미 소녀 제니』로 소개된 TV만화)?'

그리고 여전히 영문 모를 생각을 하는 마일이었다…….

"잘 들어. 일단 다 함께 행동하고는 있지만, 예상치 못한 적이 나타나 위험에 빠지거나 하는 비상사태가 아닌 한 각자의 그룹으로 싸우는 거야. 서로 잘 알지도 못하는데 같이 싸우는 건 위험하니까."

다들 레나의 말에 고개를 끄덕였다. 서로 손발이 맞지 않으면 전위 공격 패턴을 몰라서 마술사가 팀킬을 할 확률이 커진다.

'여신의 종'이 보여줬던 묘기는 멤버 변경 없이 오랜 기간에 걸친 훈련과 실전을 이어온 결과로, 쉽게 흉내 낼 수 있는 게 아니었다.

"그리고 마일은 우리 중 누군가의 요청이 없는 한, 나서거나 조언하지 않을 것! 안 그러면 실력을 비교하는 의미가 없으니까!"

"네, 네에, 알겠어요……."

처음에는 홀로 두고 가려고 했는데, 끈질기게 매달리는 바람에 어쩔 수 없이 데려온 마일에게 선택권 따위는 없었다.

"그럼 지금, 이 순간부터 2박 3일, 『붉은 맹세』와 『원더 쓰리』의 상시 의뢰 및 채취 합동 수주 활동을 시작합니다!"

진지한 표정으로 선언하는 레나.

'시작하자'가 아니라 '시작합니다'라고 정중한 말투를 쓴 점에서, 레나의 진심이랄까 성실함이랄까, 아무튼 진지한 태도가 느껴졌다.

레나의 말에 고개를 끄덕이는 다섯 명.

……마일은 대상에서 제외되었기에 고개를 끄덕이지 않고 옆에서 지켜보기만 했다.

그렇게 일곱 명은 숙소에서 나와 사냥터가 있는 숲으로 향했다.

'……'

제일 끝에서 따라가는 마일은 신경 쓰이는 점이 있어 마음이 불안했다.

하지만 레나가 '긴급 시와 요청이 있었을 때를 제외하고는 나서거나 조언하지 말 것! 임무와 전혀 관계없는 이야기나 휴식 중에 나누는 일반적인 대화 이외는 불허한다'라고 했기에, 말을 꺼낼 수가 없었다. 원래 자기들끼리 갈 계획이었는데 같이 가게 해달라고 부탁했을 때 레나가 건 조건이었기에 어쩔 수 없었다.

그래서 제일 끝에서, 앞서가고 있는 '원더 쓰리'와 '붉은 맹세'를 조용히 바라보는 마일.

자신들의 짐을 등에 짊어지고 허리에는 물통을 단 '원더 쓰리' 그리고 검과 스태프(지팡이) 이외에는 아무것도 가지고 있지 않은

'붉은 맹세'의 뒷모습을…….

＊　　＊

"그럼 슬슬 점심을 먹을까. 그런 다음에 사냥을 시작하는 거야. 채취는 비싸게 쳐주는 풀이랑 고급 식자재 군생지를 발견했을 때 이외에는 패스하는 거로 하면 되겠지?"

"네, 그렇게 해요."

사냥터가 있는 숲에 도착해 어느 정도 안으로 들어갔을 때 레나가 제안하자 받아들이는 마르셀라.

아직 낮 1의 종(점심)까지는 아직 이르지만, 사냥을 시작하자마자 점심을 먹으면 효율이 떨어지니 그편이 더 좋으리라.

마르셀라 일행은 어깨의 짐을 내리고 보존식을 꺼냈다.

보존식이라고 해도 마법으로 뜨거운 물과 불을 쉽게 만들 수 있는 마르셀라 일행은 따끈따끈한 수프를 만들거나 가열 조리를 쉽게 할 수 있어서 다른 파티에 비해 좋은 식사를 할 수 있었다.

마술사가 셋이나 되고 마법 효율이 높아 마력을 별로 절약할 필요도 없었다. 만약 마술사가 한 명만 있는 파티였다면 호사를 누리겠다고 귀중한 마력을 낭비하는 대담한 짓은 할 수 없었으리라.

그리고…….

"그럼 우리도……. 오늘은 뭐 먹을까? 마일, 오늘 추천 요리는 뭐지?"

아무리 뜨거운 물을 쓰고 가열 조리가 가능하다고 해도 마일이

한가할 때 시간 들여 만든 요리와는 비교할 수 없다. 그래서 의기양양한 표정으로 마일에게 묻는 레나였으나……

"없어요."

"뭐?"

마일의 대답에 레나는 멍한 표정을 지었다.

"아니, 저는 『임무 행동에 관한 도움과 조언 일절 금지』잖아요? 그러니까 당연히 2박 3일간의 임무 중 중요한 식사 준비도 금지죠."

""아!""

마일의 말에 깜짝 놀라는 메비스와 폴린.

레나는 이미 완전히 굳어 있었다.

그리고 메비스가 창백해진 얼굴로 이렇게 중얼거렸다.

"호, 혹시 야영 준비 같은 것도……."

끄덕.

"""…………."""

무기와 방어구 이외에는 완전히 빈손인 '붉은 맹세'의 세 멤버.

지금까지 해온 여행에서 주로 여인숙을 이용했지만 물론 야영을 위한 최소한의 장비는 갖추고 다니는 '원더 쓰리'의 세 사람.

"어라, 왜 그러시죠?"

마르셀라, 모니카, 올리아나가 그렇게 말하며 씨익 웃었다.

처음에는 마일을 데리고 올 계획이 없었으면서.

마일에게 지나치게 의존하는 것을 경계해서, 마일 없는 의뢰를 시도한 적도 있었으면서.

답이 없었다.

……정말이지 답이 없었다.

'원더 쓰리'도 '평소' 같았으면 어려움에 부닥친 사람들을 도와 줬겠지만, 지금은 '평소'가 아니었다.

서로 우열을 가리는 자리에서, 그것도 절대 지고 싶지 않은 자리에서 굳이 상대를 도울 이유가 없었다. 돕는 건 승패가 결정 난 후다.

"""…………."""

'붉은 맹세', 예감이 좋지 않은 시작이었다…….

"그럼 슬슬 시작할까…….."

언짢은 얼굴로, 조우전(遭遇戰)에 의한 토벌 개시를 선언하는 레나.

물론 점심은 건너뛰었다.

시간을 많이 할애할 수도 없는 만큼 먹기 위해 이제부터 사냥 감을 잡아 해체할 수도 없는 노릇이었다. 흰죽이라도 먹자, 고 생각해도 컵조차 없으니 먹을 방법이 없었다. 시간이 없는 지금은 포기하는 수밖에 없었다.

과연 물은 있었지만, 컵이고 물통이고 없어 마법으로 만든 물을 직접 손으로 받아 마셨기 때문에 거의 다 흘려버려 효율이 나쁜 것도 이만저만이 아니었다.

마력이 풍부한 마법사가 둘이나 있으니 세 사람에게는 별로 대수롭지는 않았지만, 만약 평범한 마술사 한 명이었다면 마력을 비축해야 하므로 갈증이 나도 참아야 할 상황이었다.

그래도 아직 1일 2식을 하는 사람이 많은 가운데, 1일 3식을 하면서 아침을 잘 챙겨 먹었던 것은 다행이었다. 아무리 배불리 먹는 것을 피한다고 해도 아침을 든든하게 먹으면 점심을 건너뛰는 것 정도는 별일 아니다. 실제로 지금까지도 임무 내용에 따라서는 점심을 건너뛸 때도 꽤 있었다.

그렇다, '붉은 맹세'의 세 멤버에게 있어서 이번 일은 사실 육체적 타격이 아니라 정신적 타격이 컸다.

이렇게 간단한 사실을 왜 셋 다 알아차리지 못한 것일까.

마일이 따라오지 않았다면 깨달았을지도 모른다. 하지만 마일이 같이 오기로 결정된 순간, '아, 늘 하던 대로다'라고 생각해버리다니, 바보도 정도가 있다.

밤에는 저녁 식사와 야영이 기다리고 있다.

아무리 그래도 저녁밥까지 생략할 수는 없었다. 그리고 내일 아침도.

그렇게 했다가는 내일 행동에 지장이 생기고, 자칫 잘못하면 생각지도 못한 실수로 이어질 수도 있다.

그러니 밤까지 어떻게든 해야만 했다.

"메비스, 폴린, 도중에 먹을 수 있을 만한 풀이나 열매가 있으면 채취하자. ……그리고 메비스는 저녁 전에 나무를 깎아서 컵 대신 쓸 걸 만들어줘. 조금 일찍 야영 준비에 들어가자고."

과연 레나, 금세 대책을 세우고 작은 목소리로 메비스와 폴린에게 소곤소곤 지시했다.

묵묵히 고개를 끄덕이는 메비스와 레나.

이런 이유로 일찍 야영 준비에 들어가고 싶다고 말을 꺼내기는 싫었지만 어쩔 수 없었다.

마일이 흔히 말하는 그것이다. '대를 위해 소를 희생하다'…….

*　　*

"뿔토끼(혼래빗)!"

"패스!"

"잡아! 폴린!"

"넷!"

모니카가 발견 보고한 뿔토끼(혼래빗)를, 마르셀라는 패스하라고 지시하고 레나는 잡으라고 지시했다. 그래서 '원더 쓰리'는 그냥 있고 '붉은 맹세' 세 사람이 즉시 움직였다.

폴린이 바람마법으로 뿔토끼(혼래빗)를 멈추게 한 다음 레나가 화재 방지를 위해 특기인 불마법 대신 얼음마법으로 안전하게 마무리, 메비스가 능숙한 솜씨로 피를 뺐다.

"""…………."""

마르셀라 일행은 아무 말 없이 그 모습을 지켜보았는데, 물론 다들 속으로는 생각이 많았다.

'저렇게 돈도 안 되는 걸 뭐하러……아, 저녁거리인가요.'

'저런 사냥감은 나중에 잡아도 될 텐데……. 사냥을 시작하자

마자 저녁거리를 잡아버리면, 움직일 때 짐만 된다고.'

'아~, 저녁에 눈이 팔려서 효율적으로 계획을 세울 여유가 없는 거군요. 저녁거리를 발견한 순간 저걸 잡자는 생각이 들고 마는 거죠…….'

측은하다는 듯한 얼굴로 묵묵히 '붉은 맹세'의 행동을 지켜보는 '원더 쓰리'.

그 모습을 본 레나는 그녀들의 생각…… 그러니까 마음이 급했던 자신의 판단 실수를 알아차리고 얼굴을 붉혔다.

그렇다, 그 정도는 나중에도 얼마든지 잡을 수 있고 큰 녀석을 잡으면 그 일부를 저녁에 먹어도 된다. 어차피 비싸게 팔릴 부위만 가지고 돌아갈 수 있으니까.

소녀 여섯 명이 운반할 수 있는 양이야 뻔하다. 그러니 오늘내일 죽인 사냥감은 해체해서 가져갈 수 있는 가장 좋은 부분을 얼음마법으로 얼리고 나머지는 버리고 갈 예정이었다.

냉각도 무작정 얼릴 수 있는 것은 아니다. 적당히 상하지 않으면서 조금 숙성될 정도로 해두는 것이다. 너무 차가우면 가지고 돌아갈 때 자신들이 여러 가지로 힘들어진다.

사실은 '버릴 부분'을 마일이 수납에 넣고 돌아가서, 판 금액을 다 함께 나눌 계획이지만…….

혹시라도 나중에 사냥감을 잡지 못하면, 하고 걱정한 '붉은 맹세' 때문에 일행은 괜히 시간을 낭비하고 쓸데없는 짐만 떠안게 되었다.

뭐, '붉은 맹세'는 원래부터 빈손이었기에 짐을 떠안든 말든 마르셀라 일행은 알 바 아니었지만, 레나 쪽은 점심때부터 이어진 자신들의 실책에 상당히 의기소침해졌다.

"전방에 오크 셋! 한 시 반, 130m!"

모니카의 작고 날카로운 목소리에 반사적으로 걸음을 멈춘 여섯 명.

"어떻게 알아?! 마일도 아닌데……."

투덜거리던 레나의 목소리가 점점 작아지더니 이내 끊겼다.

그렇다, 그것은 '마일이 먼저 가르쳐주겠다고 말을 꺼내지 않아서 레나 일행이 요구할 수 없었던, 마일 혼자만 쓸 수 있는 마법'이었다.

그렇다, 그럴 터였던 마법, 마일의 '가문의 비전'이었던 것이다…….

"""…………."""

어두웠다.

'붉은 맹세' 세 사람의 표정이, 어두웠다…….

"갑시다!"

""하앗!""

작은, 그러나 힘이 실린 목소리로 기세를 끌어올리고 자세를 낮춘 다음 타닥, 하고 재빠르게 이동하는 '원더 쓰리'와 퍼뜩 정신을 차리고 허둥지둥 뒤를 잇는 '붉은 맹세'.

'어, 어째서…….'

그리고 마일은 깜짝 놀라 걸음을 멈췄다.

마일의 탐색 마법은 학원에서 달아난 후에 개발한 것이다. 그래서 당연히 마르셀라 일행에게 가르쳐준 일이 없다. 그런데 어떻게 구사할 수 있는 것인가.

'서, 설마 스스로? 망했다……!'

하지만 생각해보면 메비스의 경우 마술사가 아니어서 마법에 관한 부분은 '마술사를 상대로 싸우기 위해'라는 관점으로 교육받았을 뿐이고, 마일에게서는 배운 게 없었다. 그런 메비스조차도 완전히 혼자 힘으로 치유마법 같은 방법이나 마일의 탐색 마법에서 힌트를 얻어 검술에 응용한 경이로운 필살기 '메비스 링(고리 결계)'을 개발하지 않았던가.

그러니 마일에게서 '마법의 진수'를 배운 마르셀라, 올리아나, 모니카가 힘을 합한다면.

게다가 시간도 충분했다. 그렇다, 2년씩이나…….

마일이 이 세계 사람들을, 그리고 자신의 동료들을 너무 만만하게 보았다.

'큰일이네…….'

마일은 얼굴이 새파랗게 질려 부들부들 떨었다.

그리고 마르셀라 일행에게 자신이 가르쳐준 특수 마법뿐 아니라 '마법의 진수'를 통해 스스로 고안한 마법도 최대한 숨기라고 말해두지 못한 것을 후회했다.

아니, 물론 남에게 마법 사용법을 알려주지 말라고는 못 박아 두었다. 하지만 남 앞에서 대놓고 쓰지 말라고, 이런 마법의 존재 자체를 숨기라고는 말하지 않았다. 게다가 설마 독자적으로 탐색 마법을 개발할 줄은 정말 꿈에도 몰랐다…….

또 레나 일행은 마일의 파티 멤버들이다. 당연히 마일이 쓰는 이상한 마법에 대해 알고 있고, 그걸 알려 주었을 거라고 마르셀라 일행이 생각하는 것은 당연했다. 그러니까 레나 일행 앞에서는 마일과 관련된 마법을 숨길 필요가 없다고 생각하는 것도…….

그렇다, 과연 레나 일행은 마일의 탐색 마법에 대해 알고 있다. 몇 번이나 눈앞에서 목격했고, 몇 번이나 도움을 받았다. 그러니 그 마법을 봐도 별로 놀라지 않았다.

……다만.

자신들은 배우지 못한 마일 가문의 비전 중의 비전을 마르셀라 일행은 배웠다.

그건 마일의 상상을 아득히 초월하여 레나 일행에게 충격을 가져다주었다.

그런 레나 일행이 마일 쪽을 힐끔 쳐다보니, 마일이 뒤가 켕기는 듯한 표정을 짓고 있었다.

그것이 레나 일행에게 더 큰 상처를 주었다.

……적어도 평소처럼 어리바리한 표정을 짓고 있었더라면.

아무것도 모르고, 멍한 얼굴을 하고 있었더라면…….

앞서가는 '원더 쓰리'와도, 제일 끝에서 따라오는 마일과도 거리가 조금 벌어졌을 때 레나가 작은 목소리로 메비스와 폴린에게 자기 생각을 전했다.

"저 애들은 약해. 강한 마물을 피하려면 그게 있어야 했던 거지. 그래서 마일이 저 애들을 떠날 때 그 마법을 알려줄 필요가 있었던 거야. 하지만 우리는 강한 데다가 마일은 우리를 떠나지 않아. 그러니까 우리한테는, 사실은 절대 남한테 알려주면 안 되는 그 마법을 굳이 알려줄 필요가 없었고. 단지 그것뿐이야!"

끄덕.

끄덕.

레나의 말에 묵묵히 고개를 끄덕이는 메비스와 폴린.

그렇다.

틀림없이 그럴 것이다.

그리고…….

"소일 스피어!"

"아이스 네일!"

"워터 커터!"

퍼억!

푹푹푹푹푹!

찰싹!

""""헉…….""""

"소일 스피어!"

전투력은 완전히 잃었지만 죽지 않은 사냥감을 모니카가 소일 스피어(흙창)를 날려 마무리했다. 첫 공격을 한 후 거의 틈을 주지 않고 날린 두 번째 공격으로.

머릿속으로 고속 영창을 했다고 하더라도 지나치게 빠른 공격이었다.

"이, 이럴 수가……."

경악한 레나 일행과 마일.

나무 사이로 오크를 확인한 순간 마법명만 외치면서 쏜 세 개의 영창 생략 마법.

마법명으로 공격 내용을 알 수 있는 인간이 상대가 아닌 데다가, 떨어진 장소에서 기습했기 때문에, 굳이 위력을 떨어뜨린 완전 무영창을 할 필요가 없어서 마법명만 외치는 영창 생략 마법을 썼다.

그렇다, 만약 필요하다면 완전히 무영창으로 쏘는 것도 가능했을 것 같은 실력이었다.

그리고 모니카가 쏜 두 번째 공격은 첫 번째와의 틈이 지나치게 짧았다. 너무 심하게…….

만약 '붉은 맹세'가 공격했다고 하더라도 거의 같은 결과가 나왔으리라.

레나와 폴린이 마법 공격으로 일격에 한 마리씩 잡고, 메비스가 윈드 엣지로 상처 입힌 후 그대로 달려가 검으로 목숨을 빼앗는다. 아니면 레나나 폴린이 두 번째 마법 공격으로 마무리한다.

……등등.

폴린은 그렇다고 쳐도 몇 년이나 '붉은 번개' 사람들에게 배우고 혼자 활동하고 반년간의 양성 학교를 거쳐 C등급 파티로 1년 반씩이나 활동해온 자신과 어릴 때부터 몇 년씩이나 뛰어난 실력의 가족들에게 배워온 메비스가 고생 하나 모르고 학원을 갓 졸업한 아가씨들이 재미로 하는 파티와 동등하다니…….

아니, 오히려 모니카의 영창 속도는 한 수 위였다.

"으…….''

하지만 지금은 아무것도 할 말이 없었다.

그렇다, 지금은 행동으로 그리고 결과로 보여줘야 할 때였다.

"흐, 흐응, 좀 하네. 그럼 다음은 우리 차례야!"

그렇게 말한 레나가 메비스, 폴린과 함께 '원더 쓰리' 앞으로 걸어가기 시작했다.

다음에는 마르셀라 일행보다 먼저 사냥감을 발견해 자신들이 잡을 계획인 듯했다.

"……잠시만요!"

하지만 모니카가 바로 불렀다.

"뭐야!"

걸음을 멈추고 조금 언짢은 듯 묻는 레나였는데…….

"사냥감을 그대로 방치하면 어떡해요?!"

"""아…….'''''

*   *

"그럼, 이걸로…….''

원래라면 오크를 해체해서 제일 비싸게 팔리는 부위만 가지고 돌아가야 할 터였다.

하지만 이번에는 '실력 겨루기'라는 목적이 있기에, '귀환 시 가지고 가야 할 오크 고기와 같은 무게의 모래주머니를 옮기기'로 하고, 잡은 오크는 일단 마일이 수납에 넣었다. 군사 훈련으로 말하자면 통제관의 판단이었다.

마르셀라 일행이 엄청난 짐을 짊어진 채 '붉은 맹세'를 따라갈 수도 없는 노릇이었고, 오크를 어중간하게 해체하면 피가 뚝뚝 떨어지는 고깃덩어리가 되기 때문에 옮기기만 더 힘들어질 뿐이었다. 그래서 마일의 결정에 불평하는 사람은 아무도 없었다.

다시 사냥하려고 앞으로 나아가는 일동.

'붉은 맹세' 세 멤버는 동물과 새, 값이 싼 사냥감 등은 패스하고, 대물을 찾아 앞장서서 걸어갔다.

그렇게 얼마간 시간이 흐른 후…….

"목표물, 확인! 오거 네 마리!"

"좋아, 잡자!"

늘 그렇듯, 마일이 탐색 마법을 쓰지 않을 때 제일 먼저 사냥감을 발견하는 메비스가 이번에도 제일 먼저 사냥감을 발견했다.

'원더 쓰리'가 쓰러트린 오크와 달리 더 강한 오거가 네 마리나 됐다. '붉은 맹세'의 실력을 보여주기에 충분한 사냥감이었다.

"패턴 S-1!"

레나가 지시를 내렸다.

패턴 S는 남의 눈을 신경 쓰지 않고, 아낌없이 전력을 다할 경우를 가리킨다.

마일이 자신들에게도 알려주지 않은 걸 알려준 '원더 쓰리'다. 그러니 자신들이 마일에게 배운 '가문의 비전'을 선보여도 문제없다고 판단한 것이다.

아니, 오히려 그걸 보여주기 위해서인지도 몰랐다. 마일에게서 비전을 배운 건 너희만이 아니야, 하고 보여주기 위한……

사실 레나 일행의 실력이면 고작 오거 네 마리를 쓰러트리는 것쯤 마일에게 배운 걸 쓸 필요도 없을 터였다.

모니카처럼 탐색 마법을 쓴 게 아니라서 오크와 마주쳤을 때보다 거리가 훨씬 가까웠다. 하지만 그만큼 가까운 게, 폴린의 최흉 범위 공격마법을 쓰기에 딱 좋았다.

그리고 '붉은 맹세'에게는 '원더 쓰리'와 달리 적을 막아 줄 전위가 있기에 이 정도 거리는 아무런 문제도 없었다.

"핫 토네이도!"

"아이시클 다트!"

"윈드 엣지!"

일반적인 공격마법에는 약한 폴린이 자신이 쓸 수 있는 최흉 공격마법인 핫마법을 거침없이 행사했다.

레나는 폴린과 같은 범위 공격마법을 선택해 7~8개의 화살 모양 얼음을 쏘면서 적의 전체적인 전투력 저하를 노렸다.

그리고 메비스는 오거를 쓰러트릴 위력은 없지만, 모처럼인 만큼 적진으로 돌격하기 전에 윈드 엣지를 쏘았다.

아군의 마법 공격이 날아오는 동안에는 뛰어들 수가 없다.

그런 짓을 했다간 폴린이 쏘는 핫마법의 여파를 그대로 받고 오거들과 함께 괴로움에 몸부림치게 되리라. 그래서 조금 더 기다렸다.

폴린의 핫마법을 맞고 괴로워하는 오거들은 공격할 여유가 없어 보였기에 시간은 충분했다.

레나의 아이시클 다트와 메비스의 공격을 받은 오거 한 마리가 먼저 쓰러지고 나머지 셋이 남았지만, 그래도 정상적으로 싸울 수 있는 상태는 아니었다. 거기에 마술사조의 제2탄이 쏟아졌다.

"아이시클 재블린!"

레나의 단체 공격마법.

"윈드 스톰!"

그리고 폴린이 바람마법으로 핫 토네이도의 잔재인 붉은 공기를 날렸다.

레나가 확실하게 한 마리를 처리해서 남은 오거는 이제 두 마리였다.

그리고 소리 없이 적에게로 돌진하는 메비스.

모처럼 적의 눈과 코를 못 쓰게 만들었는데 굳이 소리 지르면서 공격 예고를 하고 자신의 위치를 알려줄 필요는 없다.

그리고 제대로 보이지도 않고 냄새도 맡을 수 없는 부상 상태의 오거야, 마일 특제 검과 왼팔을 지닌 메비스의 적수가 되지 못했다.

혹시 잘못되어도 적의 뒤쪽으로 빠져 레나 일행이 위험에 처하는 일이 없도록, 메비스는 오거와 레나 일행 사이에 있으려고 신경 쓰면서 단숨에 두 마리를 베었다.

……무난하게 전멸. 완벽했다.

오크 세 마리를 셋이서, 네 번의 공격마법으로 쓰러트린 '원더 쓰리'.

오거 네 마리를 셋이서, 다섯 번의 공격마법과 검으로 쓰러트린 '붉은 맹세'.

왠지 호각을 다투는 것처럼 보이지만, 실제로는 오크보다 훨씬 억센 오거를 공격마법으로 쓰러트리는 게 훨씬 어렵기에, 만약 상대가 바뀌었다면 '원더 쓰리'의 공격으로는 오거를 일격에 쓰러트리지 못했을 가능성이 있었다.

하지만 그런 '만약'을 이유로 들어가며 뭐라고 말할 수 있는 레나 일행이 아니었다. 게다가 상대가 오거였다면 마르셀라 일행도 더 강력한 공격마법을 썼겠지.

……그래서 현재까지는 막상막하였다.

하지만 '붉은 맹세'와 막상막하인 '원더 쓰리'는 괜찮아도, 초보라며 낮잡아 보고 있던 '원더 쓰리'와 막상막하인 '붉은 맹세'는 속이 편하지 않았다.

그 후로는 이렇다 할 사냥감을 찾지 못하고 두 파티가 각자 저녁용 뿔토끼(혼래빗)만 몇 마리 잡은 것이 전부였다.

두 파티 모두 거대한 오크와 오거를 오직 저녁을 위한 이유로 손질하고 고기를 얻는 것은 별로 내키지 않았던 모양이다…….

야영은 이렇다 할 문제가 없었다.

점심때는 너무 갑작스러워서 조금 동요했을 뿐이었다. 마음이 차분한 상태에 시간만 있었더라면, '붉은 번개' 시절까지 포함해 마일 없는 헌터 활동 경력이 꽤 긴 레나에게 있어서 장비가 부족한 야영은 별로 대수롭지 않았다.

그것도 폭우, 강풍이라든지 한겨울의 야영에 비하면 텐트와 망토 없는 야영 정도야 별것도 아니다. 식사도 1일 2식 따위, 영양소의 균형을 신경 쓸 것 없이 고기만 있으면 충분했다.

그래서 레나와 폴린이 돌로 대충 간이 아궁이를 만들고 나뭇가지에 꽂은 뿔토끼 고기를 구울 준비를 하는 동안, 메비스가 적당한 나무를 베어서 나무접시와 수프용 그릇을 만들었다.

……과연 단검을 써서 컵을 깎는 것은 어려웠기에 조금 깊이 있는 그릇을 만드는 게 최선이었지만, 먹는 데에는 아무런 지장이 없었다.

점심을 걸러 꼬르륵 소리가 나는 배를 달래기 위해 고기를 덥석 베어 무는 레나 일행.

……그렇다, 아무 간도 되어 있지 않은, 그냥 굽기만 한 고기를…….

뭐, 고기는 고기의 맛이 있고, 구워서 기름이 녹아 번들거리는 육즙에는 감칠맛과 특유의 풍미도 있다. 원시인도 먹었던, 전통적인 맛이다. 아무런 문제도 없었다.

그리고 직접 만든 수프 그릇에 담아 마시는, 아무 맛도 나지 않는 맹물.

반면 '원더 쓰리'는 작은 돌소금 덩어리를 초소형 강판으로 갈고, 말린 허브를 잘게 빻아서 뿌리는 등 고기의 맛을 더욱 살렸다. 물론 음료는 허브티였다.

말린 허브는 무게나 부피가 없는 거나 마찬가지였다. 좀 많이 가지고 돌아다녀도 별문제가 없었다.

물론 '붉은 맹세' 역시 늘 대량의 조미료와 허브 종류를 가지고 다니긴 했다.

……마일의 수납마법에 넣어서…….

일반 헌터는 잠자리를 위해 딱히 텐트를 가지고 다니지 않는다. 망토나 방수천, 판초(방한, 방풍, 우비 대신으로도 쓸 수 있는 관두의) 등을 가진 정도다. '원더 쓰리' 역시 체온이 떨어지기 쉬운 부분을 가볍게 감쌀 수 있는 정도의 얇은 방수천만 가지고 있었다.

……그렇다, 평소의 '붉은 맹세'가 특이한 것이지 야영 따위, 비만 내리지 않으면 풀밭에 눕는 것으로 충분했다. 딱히 텐트와 침구류가 없어도 되었다.

레나도 지금까지 그런 식으로 수백 번을 잤는데…….

"등이 아프고, 추워……."

무의식중에 자기 입에서 새어 나온 말에 깜짝 놀라는 레나.

이 말이 폴린이나 메비스의 입에서 나온 거라면 씁쓸하게 웃고

말았겠지만, 등급은 둘째 치고, 이미 베테랑의 영역에 들어선 자신의 입에서 폴린 등보다 먼저 그 말이 튀어나왔다는 사실은 레나에게 몹시 충격적이었다.

……추락.

쇠퇴.

격투가나 운동선수가 몇 개월 타락한 생활을 하면 몸이 둔해지고 근육이 쇠퇴해 원래대로 돌아오기가 쉽지 않다.

그리고 엄격하고 강인한, 베테랑 헌터의 정신 역시도…….

"위험해……."

레나가 부들부들 떨고 있는 건 결코 추워서만은 아니었다.

한편 메비스와 폴린은 '마일이 없으면 불편하구나' 하는 생각은 했어도, 큰 위기감은 없는 듯했다. 그것 자체가 엄청난 위기라는 사실을 인식하지도 못하고…….

* *

"오늘은 접근전 실력을 보여줄게!"

어제저녁에 구운 고기를 살짝 다시 구워 먹고 끓인 맹물로 아침을 간단히('원더 쓰리'는 물론 맹물이 아니라 허브티였지만) 먹은 후, 레나가 그렇게 말을 꺼냈다.

그렇다, '붉은 맹세'는 마일이 없어도 메비스가 있다.

더구나 메비스가 없더라도 헌터 경력이 긴 레나와 폴린도 장술(杖術)을 착실히 단련하고 있었다. 자기 목숨을 지킬 수단이니 당연했다.

……하지만 마르셀라 일행은 귀족과 부잣집 자녀가 다니는 고급 학교를 이제 막 졸업했다.

전위가 없는 13살 신입 소녀 마술사가 셋.

마법은 뭐, 아무리 어려도 '재능'이라는 게 있다.

……그것과 마일의 '가문의 비전'.

하지만 헌터란 아무리 마법 실력이 뛰어나도 근접 전투 능력 없이는 살아갈 수 없는 세계였다.

갑작스럽게 마물을 맞닥뜨릴 수도 있고, 풀숲에 숨어 있던 도적의 습격, 합동 수주를 한 파티의 배신, 가도에서 마주치는 마차의 호위나 상인인 척하는 도적의 기습 공격 등, 아무리 탐색 마법을 쓸 줄 알아도 코앞에서 덤벼오면 적의 선제공격을 막지 못할 수도 있다.

그런 점을 뼈저리게 느끼게 해서 '원더 쓰리'의 실력이 부족하다는 것과 그들과 함께하게 된다면 마일이 그 부담을 전부 질 수밖에 없다는 사실을 이해시키려는 작전이었다.

레나, 어른스럽지 못한 여자였다. 마르셀라 일행은 아직 미성년자지만, 레나는 이미 16살로 어엿한 성인인데도 불구하고…….

"알겠어요. 그럼 저희도 똑같이……."

마르셀라의 대답에 레나와 폴린이 회심의 미소를 지었다.

폴린도 레나의 꿍꿍이를 다 꿰뚫어 보았다.

그리하여 모두 짐을 정리하고 오늘의 사냥을 위해 출발했다.

"……우선 저쪽부터 근접 전투를 하게 하자. 마물의 일격에 크게 다치지 않도록, 상대는 코볼트나 고블린 정도가 좋겠어. 민첩한 적이 여럿 있으면 아무리 영창 속도가 빨라도 마법만으로는 소용없을 테니까. 위험해지면 우리가 도와주고……. 상대가 코볼트나 고블린이라면 공격을 몇 번 맞는다고 해도 별로 큰일은 아니고, 폴린과 마일이 있으니까 약간은 다쳐도 괜찮을 거야. 게다가 저 아이들이 다칠 것 같으면 아마 마일이 먼저 움직일 테니까……."

마르셀라 일행의 귀에는 들리지 않도록 작은 목소리로 메비스와 폴린에게 속삭이는 레나.

그렇다, 아무리 공격마법을 잘한다고 해도, 숲속에서 갑자기 마물이 튀어나온다면.

……전위가 없고 어린 소녀만으로 이루어진 파티는 무력하다.

그걸 뼈저리게 느끼게 해서 아가씨가 헌터 생활을 계속해 나가겠다는 안일한 생각을 몽땅 없애주어 각자 원래 있어야 할 세계(귀족의 사교계라든지, 상인 집안의 아내라든지)로 돌아가게 하는 것이 진정한 친절이자 배려다. 레나는 그렇게 생각했다.

그렇게 몇 번인가 오크와 오거, 뿔토끼(흔래빗) 등을 잡고, 조금 비싼 값이 붙을 듯한 약초와 저녁용 나무 열매를 채취한 일행은 저녁 전에 고블린 집단을 맞닥뜨렸다.

"한 시 반 방향, 고블린 7~8마리, 급속 접근 중! 아마도 우리를 발견하고 하는 습격하려는 모양입니다!"

""알았어요!""

선두에서 걷던 모니카의 보고에 놀라지도 않고 태연하게 대답하는 마르셀라와 올리아나.

하지만 알았다고 대답은 했어도 주문을 영창하지 않고 그냥 계속 걷기만 했다.

"그럼 이번에는 저희의 근접 전투를 선보일게요."

"""엥……?!"""

마르셀라가 너무나 여유로운 표정으로 그렇게 말하자 레나 일행은 놀라움을 감추지 못했다.

그렇다, 마르셀라 일행이 접근전에 약하겠지 생각한 레나와 멤버들은 말이 접근전이지 거리가 조금 가까워지면 마르셀라 일행이 공격마법을 연타하리라고 예상했다. 그런데 근접 전투를 하겠다고 하니…….

마르셀라 일행이 위기에 빠지면 도와주고 그 후 자신들이 진짜 근접 전투가 무엇인지 선보이겠다고 계획했건만, 사전 영창도 없이 태연하게 구는 '원더 쓰리'.

시간적 여유가 있으면 아무리 무영창 마법을 쓰더라도 주문은 미리 영창하는 편이 좋다. 그런데 소리 내 하는 일반적인 영창은 커녕 뇌내 영창조차 할 기색이 없는 '원더 쓰리'를 보고 레나와 폴린은 조금 당황하면서도 그들의 싸움에 방해가 되지 않도록 거리를 조금 두고, 언제든 도우러 갈 수 있도록 속으로 단체 공격마법

주문을 홀드해 두었다.

한편 메비스는 마법 개입은 레나와 폴린에게 맡기고, 돌격해서 검으로 개입할 생각으로 검을 뺀 채 자세를 잡고 있었다.

그리고 몇 분 후, 그들은 고블린 무리를 맞닥뜨렸다.

양측, 거의 같은 숫자.

하지만 고블린들에게 있어서 '인간, 암컷 아이'는 절호의 사냥 감이리라.

전투 능력 따위 전혀 없는, 그저 보드랍고 맛있기만 한 먹이. ……그리고 식욕을 채우기 전에, 다른 욕망도 만끽할 수 있는 먹음직스러운 사냥감. 놓칠 리가 없었다.

연대는커녕 진형도 제대로 가다듬지 않고 달려온 순서대로 갑자기 공격하는 고블린들.

아마 겉모습도 그렇고 '나무막대기밖에 가지고 있지 않다'라는 점으로 미루어보아, 인간들에게 반격할 능력 따위 없다고 판단했으리라.

공격 상대가 그냥 일반적인 마을 아이들이었던 고블린은 살아남았고 공격 상대가 여성 헌터였던 고블린은 그 자리에서 죽었을 테니, 그렇게 판단하는 고블린이 많아도 어쩔 수가 없다.

그리고 마법을 쓸 기색이 없는 마르셀라 일행을 본 레나 역시도 같은 판단을 하고 있었다. ……마물을 너무 가까이에서 봐서, 원격 공격밖에 써본 일이 없는 마르셀라 일행이 공포에 얼어붙어 못 움직이는 것일 거라고.

그렇게 여긴 레나가 홀드한 공격마법을 쏘려는 순간…….

"잠깐 기다리세요!"

마일이 어깨를 잡고 말렸다.

그렇다, 마르셀라는 자신의 힘을 과신하는 타입이 아니다.

그리고 자신이 위험에 노출될지언정 동료들을 위험하게 두는 사람이 아니었다.

……그렇다면 분명 승산이 있을 터.

만일의 사태가 일어났을 때는 자신이 배리어로 모두와 고블린을 분리하고, 진짜 힘을 써서 치유마법을 걸면 어떻게든 된다.

그렇게 생각한 마일은 마르셀라 일행을, 자신의 첫 친구들을 믿었다.

""""…………."""""

마일에게 어깨를 붙잡힌 레나도, 그 모습을 본 폴린과 메비스도 각자 마법을 쏘려던 자세와 달려 나가려던 자세 그대로 굳어 버렸다.

그리고 마르셀라 일행은…….

퍽!

찰싹!

쿠웅!

타악!

퍼퍽!

추욱!

고블린들을 스태프(지팡이)로 때리고 찔러댔다.
그리고…….

쑥!

휘익!
화악!
쿠웅!

똑같이 맞춘 단검을 뽑아, 겁을 먹고 움직임을 멈춘 고블린을
베고 찔렀다.
""""헉…….""""
너무나 무적.
너무나 압도적인 섬멸전.
마일까지 합세한 '붉은 맹세' 일동은 아연실색했다…….

*　　*

"네? 올리아나 씨는 시골 농가 출신이라 어릴 적부터 일을 도
왔기 때문에 외모와 달리 힘이 좋으신데요?"
"네, 네다섯 살 무렵부터 잡초 뽑기라든지 간단한 농사일을 돕기

시작했고, 얼마 지나지 않아 장작 옮기기라든가 물 긷기라든가, 힘 쓰는 일도 했기 때문에 학원에 입학했을 무렵에는 도시에서 자란 또래 남자애에게는 지지 않을 정도로 짐 옮기기 능력이……."

마르셀라의 설명에 올리아나가 고개를 끄덕이며 말했다.

"그리고 모니카 씨는……."

"네, 물론 중소 규모 상인 집안의 딸이야 그냥 『무임금 직원』에 불과하니까요. 허리가 굽어지도록 옮겼지요. 곡식 포대라든가, 곡식 포대라든가, 곡식 포대라든가……. 그런 제가 도시에서 자란 연약한 도련님한테 완력이나 체력에서 밀리겠어요?"

그렇게 말하며 먼 곳을 응시하는 모니카.

"그리고 저는 올리아나 씨와 모니카 씨만큼은 아니지만 일단 귀족 가문 숙녀의 소양으로 어느 정도 호신술 훈련은……."

"…………."

왜 도련님과 아가씨들이 다니는 학교를 갓 졸업했는데도 그렇게 잘 싸울 수 있느냐며 따졌던 레나는 돌아온 대답에 입을 다물었다.

"호신술은 그렇다 쳐도, 다른 두 사람은 전투 기술을 대체 어디서……."

"학원에서 근접 전투도 가르쳐주니까요. 마법을 구사할 수 없는 사람한테도 『장차 마술사를 부하 또는 종업원으로 쓸 수도 있고 적이 되어 싸우게 될지도 모르니까』라며 마법 수업에 출석시키는 방침인 애클랜드 학원인 만큼, 『장차 헌터를 직업으로 삼을 계획이 없는 여자라도 호신을 위해 전투 훈련을 받는 편이 좋아』라면서 검술 수업을 듣게 하는 것도 당연한 일이죠. 아무리 그래도 성인 남성이 쓰는 쇼트 소드(보병검)를 장시간 휘두르는 것은 조금 어렵지만, 장술이라든지 단검을 휘두르는 정도는 어렵지 않아요."

""""아하…….""""

그런 학원에 다녀본 적이 없는 레나 일행은 그 말을 들으니 납득할 수밖에 없었다.

그것이 애클랜드 학원만의 방침인지, 귀족과 부잣집 자제가 다니는 '학원'은 다 그런 방침인 건지는 모르겠지만…….

"아, 하지만 거기 다닌 마일은 기술이 전혀……."

""""개인차예요!""""

""""아하…….""""

폴린의 질문에 입을 모아 대답한 '원더 쓰리'의 세 멤버와 그 말에 납득한 '붉은 맹세'의 세 멤버.

그것은 엄연한 사실이었기에 얼굴을 붉히며 말없이 고개를 숙이는 마일이었다…….

그렇다, 완력과 속도가 너무 넘치는 바람에 세세한 기술을 제대로 배우지 못했다.

말하자면 파워셔블(굴착기) 끝에 달린 디퍼로 카레 먹는 연습을 하는 것이나 마찬가지라고 할까…….

"그리고 『진정한』 마법 훈련은 일주일에 한 번 있는 휴일, 그것도 호위 의뢰가 들어 있지 않은 날에만 할 수 있어서 나머지 평일에는 선생님과 무술 교관, 다른 학생들이 봐도 문제없는 훈련, 그러니까 근접 전투 연습밖에 할 수 없었거든요. 졸업 이후를 위해 죽을 만큼 연습했답니다? 그야말로 정말정말정말정말정말, 정말 괴로운 훈련을⋯⋯."

먼 산을 바라보는 듯한 마르셀라, 그리고 고개를 끄덕이는 모니카와 올리아나.

"세 명 모두 우등상을 받은 것은 결코 이론 수업과 마법 성적 덕분만은 아니에요. 그냥 재능이 있었다거나 공부를 잘해서, 마법과 무술이 강하기만 해서 받을 수 있는 게 아니거든요, 애클랜드 학원의 우등상이란 건. 아니, 꼭 자랑하는 건 아니지만요⋯⋯."

"그게 자랑이 아니면 『자랑』이라는 개념은 이 세계에 존재하지 않는다고!!!"

'붉은 맹세' 중에서 승인 욕구가 조금 강한 레나가 마르셀라의 말에 욱한 것 같았다.

"⋯⋯."

레나는 막다른 길에 내몰리고 말았다.

앞으로 자신들이 고블린, 아니 오크나 오거를 상대로 접근전을 해본들 조금 전 '원더 쓰리'보다 뛰어난 활약을 보여줄 수는 없었다.

메비스 이외에는 장술로 오크나 오거를 간단히 쓰러트릴 수 없다. 마무리로 마법을 쓰거나 메비스를 의지하는 수밖에 없겠지.

⋯⋯그리고 자신과 메비스는 그렇다고 쳐도, 아마 마법을 쓰지 않는 폴린의 전투 능력은 '원더 쓰리'보다 훨씬 뒤처질 것이다.

그래서는 '접근전 능력이 전혀 없어서 기습 공격을 받았을 때 영창 시간을 벌지 못하면 무력. 접근전은 마일만 의지하게 되어 마일에게 짐만 된다'라고 지적할 수가 없다.

"……음?"

자신을 향한 레나의 시선을 느끼고 폴린이 무심코 소리를 냈다.

폴린은 바보가 아니다. 아니, '붉은 맹세' 중에서는 예민할 때의 마일을 제외하고 아마 가장 머리가 잘 돌아갈 것이다. 그런 폴린이 레나가 보낸 시선의 의미를 이해하지 못할 리 없었다.

"……."

이전에 '너 운동신경이 끊겨 떨어져 나간 것 아니야?' 하고 레나가 놀린 적이 있는데, 그때는 단순한 농담이라는 걸 알고 있었다. 하지만 이번에 레나는 당황하며 시선을 피했다.

"…………."

아무리 후위 지원직이라고 해도 자기 몸을 보호하거나 여차할 때 전위의 등을 보호할 만큼의 근접 전투 능력은 마땅히 있어야 했다.

실제로 졸업 검정 상대였던 '미스릴의 포효'의 여성 마술사 올가도 '여신의 종'의 궁사 타시아, 마술사 라세리나와 리트리아도 모두 근접 전투를 잘했었다. 심지어 라세리나와 리트리아는 폴린보다 어렸고, 특히 리트리아는 스킵 제도로 이제 막 헌터가 된 D등급이었다.

폴린은 미안한, 한편으로는 분한 표정으로 고개를 숙였다…….

결국, 그 후에는 '붉은 맹세'가 근접 전투 실력을 선보이는 일 없이 평소처럼 사냥하고 끝났다.

적당한 고블린이나 코볼트 무리를 만나지도 못했고, 오크나 오거 무리는 마법으로 싸운다면 모를까 주요 무기가 스태프(지팡이)인 레나와 폴린에게는 근접 전투만으로 상대하기에는 부담스러웠다. 또 메비스를 제외하고는 '원더 쓰리' 이상의 실력을 선보일 수 있을 것 같지도 않았기 때문에 무리하게 근접 전투를 고집하는 것을 관두었다.

사냥감 운반은 마일을 제외한다는 규칙의 '적용 제외'로, 전부 마일의 수납에 넣었다. 모처럼 잡은 사냥감을 가지고 돌아갈 수 없으면 죽인 사냥감에게도 미안하고, 수렵의 신과 폴린이 용납할 리도 없었다.

"".............."""

저녁 시간, 평소처럼 굴긴 해도 어딘지 상태가 이상한 '붉은 맹세' 세 멤버.

내일은 아침을 먹은 후 그대로 돌아갈 예정이었다. 그러면 점심 무렵이면 왕도에 도착한다.

올 때보다 시간이 더 걸리는 이유는 물론 사냥감을 대신해, 마일을 제외한 여섯 명이 모래주머니를 짊어지고 갈 예정이기 때문이다.

그 부분은 통재관(마일)의 지시에 의한 적용 제외가 될 수 없었기에……

'붉은 맹세'와 '원더 쓰리'는 각자 자기가 준비한 것을 먹고 있었지만, 장소가 같아 다 함께 모닥불을 에워싸고 앉았다.

딱히 서로를 적대하는 것은 아니었기에 따로 떨어져 먹지는 않았다. 만약 그랬다가는 마일이 어디에 붙어야 할지 몰라 한가운데에서 혼자 멀뚱멀뚱 서 있을 게 뻔했으므로 두 파티 모두 그렇게 하지 않았다.

두 파티는 각각 마일과는 친하지만, 나머지는 예전에 딱 한 번 만난 것이 전부였는데, 그것도 마일이 '원더 쓰리'와 느긋하게 대화를 나눌 수 있도록 레나 일행이 조용히 지켜보고 있기만 했었다. ……즉, 이번이 첫 대면이나 마찬가지였다.

공통 화제도 헌터로서의 활동 내용 이외에는 거의 없고, 또 헌터로서의 이야기는 지금 대결하고 있는 관계상 화제에 올리기도 어려웠다.

즉, 양쪽에 무난한 화제를 꺼내 이야기할 수 있는 사람이 공통 친구인 마일인 셈이었는데…….

'무리야! 무리무리무리무리무리무리라고오오~!'

그런 초고도 리얼충 테크닉을 마일이 구사할 수 있을 리 없었다. 난도가 심하게 높았다…….

그래서 마일은 '원더 쓰리'와 이야기하고, '붉은 맹세'와 이야기하고, '원더 쓰리'와 이야기하고, '붉은 맹세'와 이야기하는, 굉장히 바쁜 지옥 같은 상태가…….

'히이이이익~~!'

원래라면 마르셀라 쪽도 레나 쪽도 그런 부분을 잘 배려할 줄 아는 사람들이었다.

하지만 경우가 경우여서인지, 양쪽 모두 위협을 느낀달까 견제한달까, 상대가 어떻게 나오는지 살피는 태도였기 때문에 도저히 허심탄회하게 담소를 나눌 수 있는 분위기가 아니었다.

게다가 아직 '이번 합동 수주'가 끝나지 않았으므로, 마일은 헌터 일과 싸움 방식, 마법 관련 충고를 하는 것도 여전히 금지 상태였다. 이러니 마일이 접대 역할(호스티스)을 맡는 것은 불가능했다. 그런 제한이 없어도 가뜩이나 어려울 판에…….

그리하여 얼마간은 서먹서먹한 분위기였지만, 일단은 양쪽 다 '마일(아델)의 친구'라는 입장이고, 똑같이 어린 여성으로만 이루어진 신입 파티('붉은 맹세'는 최근에 와서 '신입' 딱지를 뗐지만) 동지여서, 얼마 지나지 않아 서로 대화를 나누기 시작해 겨우 마음을 놓을 수 있던 마일이었다…….

* * *

다음 날 아침 식사는 간단히 마치고 그대로 귀환길에 올랐다.

마일 이외의 여섯 명은 큰 짐(사냥한 고기를 본뜬 모래주머니)을 짊어지고 돌아가야 해서 배부르게 먹지는 않았다.

그리고…….

"……무거워요……."

"…………"

그냥 모래주머니인데도 궁상맞은 성격 때문인지 한계에 아슬아슬하게 짊어진 마르셀라와 그 모습을 보고 똑같은 양의 모래주머니를 짊어진 레나가 괴로운 표정으로 비틀비틀 걸었다.

"삐! 레나 씨랑 마르셀라 씨, 삐! 그렇게 비틀거릴 정도면 마물이나 도적의 기습 공격을 받았을 때 제대로 싸워보지도 못하고 당하고 만다고요! 그리고 그렇게 무리하면 내일 하루, 어쩌면 며칠 더 일도 못 하고 근육통 때문에 누워만 있어야 해요. 그게 오히려 더 큰 손해거든요?!"

과연 참견하지 않고는 배기지 못한 마일. 아마도 양쪽에 공통된 지적이니 한쪽을 편애하는 게 아니라고 여긴 듯하다.

""아…….""

자신들의 실책을 알아차렸는지, 레나와 마르셀라가 멋쩍은 표정으로 등에 짊어진 모래주머니의 개수를 줄였다. 그리고 그것을 수납하는 마일.

모래주머니라도 주머니를 준비해 모래가 있는 곳까지 가서 담아 묶는 것에도 수고가 든 만큼 버리지 않았다. 또 언젠가 도움이 될 때도 있으리라…….

그렇게 겨우 여인숙으로 돌아온 일행.

"……피곤하네요…….."

"그러게요……."

"걷는 것은 둘째 치고, 평소에는 이렇게 무거운 걸 옮기지 않으니까요……."

마르셀라 일행 앞에서는 오기로라도 약한 소리를 할 수 없다는 태도의 레나 일행과 달리, 아무렇지 않게 중얼거리는 마르셀라와 그 말에 동의하는 모니카와 올리아나.

그렇다, '원더 쓰리'는 연습을 위해 다른 파티와 합동으로 오크 사냥을 하는 때를 제외하고는 무거운 짐을 옮기는 의뢰를 별로 받아보지 못했다. 오로지 호위 의뢰, 고가의 약초나 희소 소재의 채취, 돈 될 만한 소재가 별로 없는 마물의 토벌 의뢰 등 돌아오는 길에 짐이 별로 늘어나지 않는 것들이 대부분이었다.

가지고 돌아올 수 있는 양으로 승부, 같은 의뢰는 어떤 이유가 없는 한 처음부터 대상에서 제외했다.

그리고 '자신들은 그런 스타일의 파티'라고 결론을 딱 지어두었기 때문에 전문이 아닌 다른 부분에서 '다소 노력만으로는 어떻게 할 수 없는 약점'이 있어도 별로 마음에 담아두지 않았다.

그런 의뢰는 받지 않고 자신들이 잘하는 의뢰만 받으면 되니까 그렇게 해도 문제 될 것은 없다.

애당초 학원에서 보낸 1년 8개월에 달하는 헌터 생활 대부분은 '특정 의뢰(소녀 호위)'만 받았다. 한쪽으로 치우친 수주 따위, 새삼스러웠다.

한편 '붉은 맹세'는 자신들이야말로 마일의 파티 동료로 어울린다는 사실을 보여주려고 애를 쓰고 있었다.

반면 '원더 쓰리'는 마일(아델)이 동료를 선별하는 것도, 하물며 그때 '강함에 따른 우열' 등을 고려하는 것도 불가능하다고 생각……

아니, '알고' 있었기 때문에 그런 것은 전혀 신경 쓰지 않았다.

마르셀라는 레나가 제안한 상시 의뢰 공동 수주에 대해 '일단 서로의 실력을 보지 않고는 이야기가 되지 않으니까요'라고 대답하면서 받아들였었다.

하지만 그건 결코 '누가 더 강한지로 우열을 정하고 거기에 따라 마일이 가입하는 파티를 정하자'라는 생각 때문이 아니었다.

레나 일행이 '원더 쓰리'의 실력을 알고 싶다고 주장했기 때문에 일단 받아들인 것일 뿐이다.

마르셀라 일행은 자신들이 '붉은 맹세'보다 뛰어나다고는 생각하지 않았다.

특화형에 불균형한 직종 구성으로, 학생이 학업을 이어나가면서 휴일에 짬을 내어 호위 의뢰를 받고 있었던 것뿐.

……그리고 실제로 누군가에게 습격받은 일이 거의 없다.

그 어쩌다 한 번씩 당한 '습격'도 단순 불량배나 멍청한 낮은 등급 헌터가 우연히 시비를 건 것이 전부였고 암살자나 도적, 귀족 사병 등이 공격한 적은 없었다. 그래서 대인 전투 경험이 거의 없었다.

뭐, '조금 특수한 마법' 등으로 상당히 선전할 수 있을 것 같지만…….

숙소에 도착한 것은 낮 2의 종(오후 3시) 무렵이었기 때문에, 그대로 점심은 건너뛰고 저녁을 든든히 먹기로 한 모두는 '원더 쓰리'의 방에 모여 각자 침대에 걸터앉아 이번 반성회……가 아니라 합동 수주의 이야기를 시작했다.

이미 일은 끝났기에 마일의 '간섭 제한'은 해제되었다.

먼저 마르셀라부터…….

"역시 헌터로서는 『붉은 맹세』 분들이 저희보다 훨씬 강하시네요. 뭐, 경험의 차이나 선천적인 재능을 고려하면 당연한 이야기겠지만요."

"""잉?"""

틀림없이 '우리가 더 뛰어나다'라고 주장할 줄 알았기에, 레나 일행은 의외라는 표정을 지었다.

'누가 더 강한가'라는 이야기가 되면 물론 '우리가 강하다'라고 자신 있게 말할 수 있다. 하지만 '헌터로서의 능력'이라고 하면, 지난 사흘간 '붉은 맹세'는 실수를 너무 많이 보였다. 그래서 마르셀라 일행이 그 부분을 지적하면서 '원더 쓰리'가 더 우수하다고 할 줄 알았고 그 말에 반론할 수 없다고 생각했다.

하지만 마르셀라는 그렇게 하지 않았다. 그리고 자신들의 패배를 인정하려고…….

'마일을 포기한 걸까…….'

레나가 그렇게 생각하는 것도 무리는 아니었다.

하지만…….

"여러분은 뛰어난 능력으로 A등급을 목표로 삼고, 떼돈을 벌 수 있으시겠죠?"

"으, 으음……."

그 부분은 잡담을 나눌 때 '자신들의 목표'로 얘기했었다.

"그러니까……."

"그러니까?"

"여러분은 A등급 헌터가 되는 것과 돈 버는 일에 매진하시고, 그런 것을 바라지 않고 그저 평범하게 남들 눈에 띄지 않고 사소한 행복을 바라는 아델 씨는 저희와 함께 C등급 헌터로 느긋하게, 재미있는 일, 즐거운 일을 하면서 세계를 돌아다니면 되는 거죠. 그래요, 한 10년 정도. 그렇게 하면 저희는 23살. 그리고 B등급이 되어 귀국하면 수행을 끝내고 돌아왔다는 면목도 서고 그즈음이면 두 왕자 전하도 이미 비를 맞이하셨을 테니 아델 씨도 걱정 없고요. 왕비라면 모를까 설마 아델 씨를 억지로 측비나 애첩으로 삼을 수는 없을 테니 그런 부분도 걱정할 필요 없어요. 저역시 그 나이가 되면 더는 집요하게 달라붙지 않을 테고……. 남은 건 아델 씨의 영지에서 저마다 멋진 신사분을 사로잡아 넷이서 행복하게 가정을 이루며……. 자, 친한 반 친구 넷이 즐겁고 화려한 모험의 여행을 시작하는 거예요!"

반짝반짝…….

마일의 눈동자가 반짝 빛났다.

"'당했다아아아~~!'"

그리고 아연실색해서 눈을 커다랗게 뜬 레나 일행이었다…….

제98장 마일의 결단

"……핫!"

무심코 일어나 마르셀라 쪽으로 가려던 자신의 다리를, 조바심 나는 얼굴로 멈춰 세운 마일.

"아악, 아깝네요! 조금만 더 오면 됐는데……."

마르셀라가 아쉬운 표정을 지었다.

"그럼 좀 더 밀어붙이겠어요! 아델 씨, 저희는 후위 마술사만 있으니까 전위직 멤버를 한 명 더 추가해볼까 생각 중이에요. 고양이 수인 소녀라든지, 어떨까 싶은데……."

과연 마르실라, 마일의 약점을 잘 알고 있었다.

"오오오오오!!"

마일이 다시 비틀비틀 마르셀라 쪽으로……걸어가지는 않았다.

마르셀라 일행이 정말 그렇게 할 리는 없다.

서로를 굳게 믿는 반 친구로서, 그리고 친한 벗으로서의 인연. 그런데 마일을 낚겠다는 이유 하나만으로 굳이 '고양이 수인' 같은 특수한 조건을 붙여서 잘 알지도 못하는 사람을 가입시킬 리가 없었다.

마르셀라가 농담으로 한 말일 뿐일까. 아니면 대충 둘러대서 마일이 마음먹게 하려고 생각한 것뿐일까. ……어찌 됐건 마르셀라답지 않은 말에 오히려 정신을 차려버린 마일. 마르셀라, 통한의 실수였다…….

마일을 잘 알고 있어서 오히려 너무 나가고 말았다.

"……아니, 저번에도 말씀드렸잖아요? 원래부터 헌터를 꿈꿨던 레나 씨 일행과 달리 마르셀라 씨 일행은 제가 아니면 헌터가 될 생각이 전혀 없으셨잖아요? 헌터는 위험한 직업이에요. 간단해 보이는 의뢰에도 죽을 수 있고, 고용주가 배신할 수도 있고……. 안전하고 행복한 길이 있고 원래는 그 길을 걸어야 했을 친구들이 저 때문에 위험한 길을 걷다가 만약 무슨 일이라도 생기면 제가 견딜 수 있을 것 같으세요?!"

평소답지 않은 엄한 표정으로 진지하게 묻는 마일. 과연 마르셀라 일행도 이 말은 가볍게 흘려들을 수 없었다.

"……그, 그건……, 저희도, 저희의 의지로 헌터가 되기로 한 거니까『붉은 맹세』분들과 똑같아요! 딱히 아델 씨 때문에 억지로 하는 게 아니라고요! 그리고 몇 년 후에는 고국에 꼭 돌아가서 각자 좋은 혼사처를 찾을 거예요. 5년 후면 18살, 10년 후에도 아직 23살이니까 그때까지 돈을 모으고 B등급이 되고, 게다가 몇 년이나 포기하지 않고 열심히 왕녀 전하의 명령을 완수해 아델 씨를 데리고 돌아간다면 평가도 올라갈 테니, 결혼에도 나쁘지 않다고 생각해요……."

마지막 말은 왠지 조금 자신 없는 듯한 마르셀라.

그리 뻔뻔하지는 않은 것 같았지만, 실제로 마르셀라 일행이라면 23살 정도에도 결혼 상대를 찾기 그리 어렵지 않을 것이다.

"……음?"

마르셀라의 말에 마일이 의아한 표정을 지었다.

"……왕녀 전하의 명령을 완수? 저를 데리고 돌아가다니요?"

"""아."""

망했다, 하는 표정인 마르셀라 일행.

"……."

"""……."""

"…………."

"""…………."""

"………………."

"""………………."""

　처음에 마르셀라 일행이 그냥 자신을 만나려고 나라를 뛰쳐나왔다고 생각한 마일은 마르셀라 일행으로부터, 멋대로 나라를 떠났다가 돌아갈 수 없게 되는 것을 방지하기 위해 합법적인 여행을 떠난 거라는 이야기를 듣고 안심했다. '왕녀 전하로부터 아스컴 여자작의 무사를 확인하라는 명을 받았다'라는 이야기에…….

　세 사람 모두 자신과 달리 가족이 있고 부모님의 입장도, 본인의 장래도 있다. 그래서 그 부분에 아무런 문제도 없이 출국했다는 말을 듣고 역시 마르셀라 씨와 올리아나 씨라며 감탄했었다.

　……모니카는 상인의 딸로서는 영리한 편이지만 이런 때는 별로 도움이 되지 않을 거라고 판단했다.

그리고 그렇다면 이대로 귀국시켜도 별문제 없겠다고 생각하고 안심하고 있었는데…….

그런데 어딘지 수상한 냄새가…….

"……데리고 돌아가? 왕녀 전하의 명령?"

"'야단났다!'"

불안에 떠는 마르셀라 일행.

마일의 얼굴에서 표정이 빠져나가고 있었다.

그리고 마르셀라 일행이 그 의미를 모를 리 없었다.

그렇다, 마일, 분노 모드 발동이었다. ……그것도, 처음부터 제2단계였다.

"어떻게 된 일이죠?"

"……말씀드리지 않았던가요?"

주르륵, 미간에 땀이 흘러내린 마르셀라가 미소 지으며 말했다.

"못 들었는데요…….'"

"어, 어라, 그랬었나…….'"

"못 들었, 는데요오오오오…….'"

"'''으아아아아아아~~!''''"

그리고 얼마 후…….

"이제, 더 말할 것도 없어요~~…….'"

울먹이는 마르셀라.

그리고 마일은…….

"……그랬군요, 저를 데리고 돌아가기로 하고……."

다소, 저기압.

"그리고 저를 왕족의 손에……."

"아, 아니에요! 그걸 위한 몇 년간의 자유 여행인 거예요! 왕족은 정치적인 문제 때문에 빨리 혼인을 해야 하니까, 이미 꽤 나이가 있는 황태자 전하는 슬슬 그리고 제2 왕자 전하도 몇 년 후에는 상대를 정하셔야 할 테니 그리고 나면 무사해져요. 왕비로 지명을 받으면 아무래도 거절할 수 없겠지만, 측비나 첩을 강요할수는 없으니까요. 아니, 일반적으로는 부모님과 친족들이 절대 거절 못 하게 할 테지만, 아델 씨는 『일반적』인 상황이 아니니……."

"무, 무슨 뜻이에요, 그거!"

마르셀라의 '일반적이지 않다'라는 발언에 항의하며 소리치는 마일이었는데…….

"아, 아니, 아델 씨는 부모님이 안 계시니 본인이 당주잖아요? 내키지 않는 일을 누군가에게 강요받을 일이 없어요."

"아, 그런 의미였나요……."

마르셀라가 허둥지둥 변명하자 납득한 듯한 마일.

'위, 위험했어요…….'

겨우 마일의 분노가 다음 단계로 넘어가지 않도록 막은 마르셀라는 일단 안심했다.

"……그런데 왕자님들이 아내를 맞이하시는 이야기랑 저랑 무슨 상관이?"

"""""""혁………….""""""""

지금까지 도대체 뭘 들은 건가.

마일이 너무 말귀를 못 알아듣자 아연실색한 '원더 쓰리'와 '붉은 맹세' 여섯 명.

아무래도 마일은 자신이 왕비 후보라는 사실을 꿈에도 생각하지 못하는 듯했다.

왕족과 귀족들이 마일을 노리는 건 단순히 능력이나 '여신님과의 연결고리'가 목적이거나 '보호'라는 이름의 연금 생활을 생각했던 모양이다.

하지만 그렇게 치자면 마르셀라도 '측비조차 아닌 애첩 후보로 찍혔다'라고 생각하고 있었으니 똑같았다.

뭐, 마일은 아무 뒷배도 없는 약소 자작이고, 마르셀라는 가난한 남작가의 셋째 딸이다. 일반적으로는 왕가에 시집갈 신분이 도저히 아니므로 그런 생각은 꼭 틀린 것도 아니지만.

그렇다, '일반적으로는'…….

'찬스!'

마일의 둔감함에 모두가 아연실색하고 있을 때, 레나는 이 절호의 기회를 놓치지 않았다.

그렇다, 마일이 마르셀라 일행에게 불신감을 품어 흐름이 뚝 끊겨버린 이 기회에 거는 것이다!

"마일, 우리가 한 맹세, 잊은 건 아니지? 우리의 우정은 불멸이라고, 다 함께 맹세했던 그 말을!"

회심의 일격!

흐흥, 하고 콧바람도 거친 레나.

하지만 마일이 대답하기도 전에 마르셀라가 반격에 나섰다.

"네? 어젯밤에는 그 맹세인지 뭔지『설령 앞으로 가는 길이 다르더라도』라고 하지 않으셨나요? 즉, 이별은 이미 반영되어 있으니 그렇게 되더라도 괜찮다는 뜻이잖아요?"

""""아.""""

레나 일행, 통한의 일격!

과연 그렇게 해석할 수도 있었다.

으으윽, 하고 끙끙 앓는 레나였지만 맞받아칠 말이 생각나지 않았다.

그때 옆에서 폴린이…….

"그건 그쪽에도 해당하는 말 아닌가요? 함께 지낸 즐거웠던 학원 생활이 끝나고 각자 갈 길이 달라지면 언제까지고 이어지는 우정을 가슴에 품고, 자신의 길을 걸어가야 하는 것 아닌지? 그런데 자기가 갈 길을 버리고 헤어진 친구를 쫓아와 달라붙겠다니, 새로운 길을 새로운 동료들과 함께 걷고 있는 사람한테는 민폐 아닌가요?"

""""으윽!""""

마르셀라 일행, 통한의 일격!

서로 피를 토하며 이어지는 난타 마라톤.

그것은 아무런 성과도 없이, 점점 정신을 갉기만 하는 싸움이었다.

그리고 마침내 마일이 중재에 나섰다.

"부탁이야, 나 때문에 싸우지 말아줘!"

""""고마해라!""""

마일이 이럴 때 잘 쓰는, 어느 지방 사투리가 들어간 말투로 지적하는 여섯 명.

꽤 호흡이 잘 맞는 듯했다…….

"아무튼, 정하는 사람은 저희가 아니라 아델 씨예요. 자, 아델 씨, 확실히 말씀해 주세요, 어느 쪽이랑 함께할 것인지를!"

마침내 마르셀라가 최후통첩이랄까, 마일에게 결정을 촉구했다. 마르셀라는 아마 마일이 자신을 고르리라는 확신이 있으리라.

그리고…….

"죄송해요……."

마르셀라 일행을 향해, 괴로운 표정으로 말하며 고개를 푹 숙이는 마일.

""""…………."""""

그리고 흐르는 정적의 시간.

이럴 때의 시간은 참 길다.

고작 수십 초가, 영원처럼 길게 느껴진다.

그런 시간이 지나고…….

"역시, 그렇군요."

""""""음?""""""

마르셀라의 예상치 못한 말에 마일과 레나 일행은 깜짝 놀랐다.

"아뇨, 사실은 알고 있었어요. 아델 씨는 저희와 함께 갈 수 없는 이유를 몇 번이나 말씀하셨지만, 『붉은 맹세』와 함께할 수 없는 이유는 단 한 번도 말씀하지 않으셨죠. 게다가 아델 씨의 희망이 아니라 저희를 제일로 생각한다면 그것 말고 다른 선택을 할 아델 씨가 아니겠죠."

생긋 웃으며 그렇게 말하는 마르셀라.

"알아요, 그 정도는. 아델 씨가 그런 분이니까 저희도 아델 씨와 친구가 될 수 있었던걸요. 자신보다 남을 우선하고, 빵이 하나밖에 없으면 자기는 이미 먹었다고 거짓말하고, 전부 남에게 양보하는. 그런 바보같이 착한 아델 씨니까, 저희는 저, 저희는……."

훌쩍훌쩍, 코를 비비기 시작하더니 마침내 눈물을 흘리는 마르셀라. 모니카와 올리아나도 함께…….

""""우와아아아아앙~~!""""

그리고 울음을 터뜨린 마일이 마르셀라 일행을 껴안고 다 함께 펑펑 눈물을 쏟았다.

"""……."""

레나는 이겼다고 좋아하지도 못하고 멋쩍은 표정을 짓고 있다가 메비스가 소매를 끌어서 폴린과 함께 방을 조용히 나갔다…….

저녁을 먹으러 식당에 나타난 마일과 '원더 쓰리' 멤버들은 그 후로도 계속 울었는지 다들 눈이 퉁퉁 부어 있었다.

그래도 밥은 든든히 먹었다…….

그리고 그날 밤, 레나 일행의 제안으로 마일은 '원더 쓰리'의 방에 머물렀다.

세 명이 빌린 방이긴 하지만, '원더 쓰리'의 방에도 침대는 네 개 있었기 때문에 적어도 이 도시에서 머무르는 동안만이라도 마일과 함께 묵게 해주려는 레나 일행의 배려였다…….

                    *   *

"……그럼, 시작합니다!"

끄덕.

마일의 말에 고개를 끄덕이는 '원더 쓰리' 멤버들.

이곳은 왕도 근처 숲속이다.

왕도에서 제일 가까워 헌터들이 너무 심하게 사냥하는 바람에 잡을 만한 동물도 마물도, 그리고 채취할 약초와 산나물조차 찾아보기 힘들어 지금은 사람이 거의 드나들지 않는 사냥터였다.

마일과 '원더 쓰리' 멤버들이 이곳에서 뭘 하고 있는가 하면…….

"우선 몸을 보호하기 위한 장벽 마법이에요. 송아지가 돌진해 오는 정도의 힘도 막을 수 있는 장벽 마법, 『독자(犢子)력 배리어』예요!"

끄덕끄덕.

그렇다, 마일이 마르셀라 일행과 헤어진 후 개발한 마법 중에서 마르셀라 일행의 목숨을 지키는 데 도움이 될 것들을 몇 가지 전수해 줄 계획이었다.

물론 이번에는 은닉하라고 잊지 않고 신신당부하면서……

배리어부터 다양한 편리 마법까지.

공격마법은 자기들끼리 연마한 것을 더 열심히 연습하면 된다. 딱히 공격마법에 관해서는 마르셀라 일행에게 이러쿵저러쿵 말할 생각이 없었다.

그래서 마일은 학원에 있을 때처럼 지원마법을 중심으로 알려주었는데, 마르셀라 일행이 이미 독학으로 탐색 마법을 터득한 것은 과연 놀랐다.

자기 식이라 효율이 썩 좋은 편은 아니었기에 마일이 다시 최신식 액티브 소나와 그 한 단계 앞 방식인 PPI 스쿠프(Plan Position Indicator scope)를 알려주었는데, 그래도 마일처럼 현대 지구의 지식 없이 혼자 그와 비슷한 발상에 도달한 건 경탄할 만한 재능이었다.

한편 PPI 방식까지 가르쳐준 까닭은 특정 방위를 중점적으로 탐색할 때 PPI 방식으로 스캔 방위를 지정하는 '섹터 스캔' 쪽이 더 편리했기 때문이다. 그렇다, 용도에 따라 사용법을 바꾸는 것이 프로인 법이다.

그리고……

"마지막으로 아이템 박스 마법을 전수할게요. 이건 수납마법이랑 비슷하지만, 원리가 전혀 다른 마법이에요. 그러니 수납마법과 달리 배워서 쉽게 구사할 수 있는 사람도 있는가 하면 아무리 노력해도 전혀 안 되는 사람도 있어요. 또 남에게 그 존재가 알려지면 큰일이 나기 때문에 절대 비밀, 남들에게는 일반적인 수납마법인 것처럼 해주세요."

마일의 말에 진지한 표정으로 끄덕이는 마르셀라 일행.

마일은 마르셀라 일행이 짐을 옮기느라 고생하고, 더러운 차림을 감수하는 걸 그냥 두고 볼 수 없었다. 그래서 함께 여행하지 못하는 대신 아이템 박스 마법을 가르쳐주기로 했다.

마르셀라 일행이라면 절대 배신하지 않을 것이다.

그리고 만약 배신한다 해도, 아이템 박스 마법을 전수한 것을 후회하지는 않을 것이다.

현시점에서 모든 것을 고려하여 선택한 일이므로, 그게 어떤 결과로 이어지든 괜찮았다.

또 만일의 사태가 일어나면 나노머신들이 거부하도록 상위 권한으로 지시해두면 대참사를 초래하진 않을 것이다. 그렇게 생각하고 내린 결단이었다.

"그럼 사용법을 설명할게요……."

아이템박스는 나노머신이 마일의 사념에 의한 구체적 지시로 물건을 넣고 꺼내는 원리로, '나노머신에 의해 현상이 일어난다'는 점에서는 과연 마법의 일종이라고 할 수 있을지도 모르지만, 엄밀히 따지면 일반적인 마법과는 조금 다르다.

그래서 나노머신과 직접 의사소통할 수 있는 '권한 레벨 3'이상이면서 '시공 연속체가 압궤되어 시간 개념조차 망가진 이차원 공간을 창고로 사용한다'라는 원리를 이해해야만 한다.

그런데 마일이 그걸 어떻게 마르셀라 일행에게 전수할 수 있을까……

그렇다, 물론 '미리 물밑 작업'을 해두었다.

여느 때처럼, 마일에게 붙어 있는 마일 전속 나노머신을 매개로 해서 모집했다.

『마르셀라 씨 일행의 전속이 되어 줄, 세 사람이 보내는 사념파와의 동조 적성이 높은 나노머신 씨 모집. 임기는 세 사람의 생존 기간. 임무 내용은 세 사람이 아이템박스를 쓰겠다는 의사를 드러냈을 때 그 사념에 따라 물건을 넣고 꺼내줄 것. 또 내용물을 확인하려고 했을 때는 수납 리스트를 보기 좋게 정리한 형태로 정보를 망막에 투사할 것』

그리고 물론, 희망자가 쇄도했다.

마일은 '부탁', '모집'이라는 형태로 할 계획이었지만, 나노머신들의 입장에서 그것은 지루함을 달래 줄 절호의 오락거리이자 특정 인간의 인생을 함께 경험하는 어마어마한 호사, 말도 안 되는 즐거움을 허락받는 일이었다. 막대한 수의 나노머신이 쇄도하는 것도 당연했다.

그리고 그만큼 많은 나노머신이 응모한 만큼 세 사람의 사념파와의 동조 적성, 동조 효율이 무척 높은 개체도 많아서, 결국 상당한 수의 '전속 나노머신'이 선발되었다.

마르셀라 일행에게는 이미 '마법의 진수'로, 나노머신을 '마법을 관장하는 정령'이라고 바꿔 설명해 이 세계 사람들도 마법의 원리를 이해할 수 있게 했었다.

그래서 아이템박스 역시도 '결과적으로는 나노머신에게 적절한 사념을 전달할 수 있도록' 말을 잘 바꾸어 설명했다.

나노머신에게는 마일이 직접 '마르셀라 일행이 아이템 박스를 쓰려고 사념했을 때 어떻게 대처할지'에 대해 자세하게, 구체적으로 지시해두었다.

요컨대 마일의 명령에 따라 가이드라인이 정해졌기 때문에 마르셀라 일행의 사념이 다소 불확실하더라도 문제없이 기능할 수 있게 된 것이다.

마일이 나노머신에게 내린 사전 지시.

마르셀라 일행의 사념파 동조 효율이 무척 높은, 선택받은 나노머신이 대량으로 상주.

마일에게 배운 마법의 진수와 아이템박스에 관한 상세 설명.

이런 것들이 있어서 비로소 마르셀라 일행은 아이템박스 사용이 가능해진 것이다.

그래서 만에 하나 아이템박스의 존재가 발각된다고 하더라도 다른 사람은 쓸 수 없다. 이건 어디까지나 '원더 쓰리' 세 사람 한정이다.

그리고 수납마법은 어디까지나 개인의 사념파로 아공간을 창조하는 것이므로, 각각 개별적으로 작은 전용 공간을 만드는 마법이다. 반면 아이템 박스는 이차원 세계의 문을 열고 그곳에 물건을 넣었다 뺐다 하는 것이다. 그래서…….

'너무 번거롭게 하면 미안하니까 마르셀라 씨 일행의 아이템 박스는 각각 개별적으로 세 개의 이차원 세계를 준비하는 것이 아니라 세 사람 공동으로 하나만 준비해도 돼.'

마일은 시공 연속체가 압궤하여 시간 개념이 없어진 이차원 세계, 라는 것이 그렇게 원하는 대로 여기저기 많이 있을 거라고는 생각하지 않았다. 그래서 그런 세계를 필사적으로 찾아 세 개나 준비하는 건 힘들지 않을까 생각했다. 실제로는 꽤 많이 있었지만…….

그리고 나노머신은 당연히 마일의 지시에 따랐다.

그 후로 마르셀라 일행은 간단히 아이템 박스 마법을 습득했고 이제 충분한 옷가지와 비누, 수건, 나아가 세탁 바구니와 욕조까지 가지고 다닐 수 있게 되었으며, 찬물과 뜨거운 물은 마법으로 간단히 준비 할 수 있어서 늘 청결하고 깔끔한 외모를 유지하게 되었다.

*　　*

일주일 후.

마일과 함께 즐거운 나날을 보낸 '원더 쓰리'는 브란델 왕국으로 돌아갔다.

마일과 함께 여행을 떠난다는 것이 전제였기에 위험한 헌터 생활도 힘들지 않을 수 있었다. 하지만 마일이 없으면 그런 생활을 할 의미가 없다.

그동안 고국으로 돌아가지 않는 이유는 마일의 처지를 생각해 서였는데, 그럴 이유가 사라졌으니 목적을 잃은 위험한 여행을 이어갈 이유가 없었다.

그날 그렇게 말한 마르셀라 일행에게 레나는 자신들이 일주일의 휴가에 들어가겠다는 것, 그리고 그동안 멤버가 각각 자유행동을 하기로 했다고 말해주었다.

그렇다, 마일에게 일주일의 자유를 준 것이었다.

그렇게 마법 전수와 훈련을 포함해 즐거운 일주일이 끝나고 마르셀라 일행은 귀국길에 올랐다.

살아 있다면.

서로 건강하기만 하다면 다시 만날 수 있다.

그렇게 웃으며 떠나가는 '원더 쓰리'를, 눈물을 꾹 참고 보내는 마일.

그렇다, 바로 이웃 나라에 살고 있다. 만나려고 마음만 먹으면 언제든 만날 수 있다.

특히, 마일의 이동 속도라면.

그렇게 생각하니 마일은 겨우 울지 않고 참을 수 있었다…….

*   *

"……잘한 일일까요, 마르셀라 님…….

셋 중에서도 마일에게 제일 집착했던 마르셀라에게 모니카가
물었다.

그때까지 말이 없던 마르셀라는⋯⋯.

"잘한 일은 아니겠죠. 하지만, 어쩌겠어요⋯⋯."

"'⋯⋯.'"

어쩔 수 없는 일이다. 과연 그렇기에 아무 대답도 하지 못하는
모니카와 올리아나.

"⋯⋯그리고 몇 년만 참으면 되니까요."

"네?!"

마르셀라의 말에 모니카가 놀라서 소리쳤지만, 올리아나는 별
로 놀란 표정도 아니었다. 아무래도 마르셀라가 무슨 생각을 하
는지 읽은 듯했다.

"그 네 사람이 언제까지고 C등급에 머물러 있을 리가 없잖아
요. 최소기간이 지나면 바로 승급할 거예요. 그리고 A등급이 되
면 목적을 달성해서 메비스 씨는 기사, 폴린 씨는 그 무렵이면 충
분히 돈을 모았을 테니 자금을 써서 상회 설립. 즉, 『붉은 맹세』는
해산하게 되겠죠. 레나 씨도 A등급이라는 목표를 달성하면 꿈을
이루려고 하는 두 사람을 방해하지 않을 테고요. 그렇게 되면 당
연히 아델 씨는 있을 곳이 없어져요. 일반적인 일을, 일반적으로
해내는 게 가능할 리가 없는 아델 씨가 있을 곳이⋯⋯. 그리고 그
때쯤 되면 아델 씨도 할아버지와 선조님들이 지켜온 영지와 영민
에 대한 책임감이라는 게 생겨날 거예요, 분명. 아니, 물론 앞으
로 만나 대화를 나눌 때나 편지 등으로 아델 씨가 그런 생각을 하

게 유도할 계획이지만. 그렇게 된다면 『붉은 맹세』 해산 후에 영지로 돌아오고, 그 후로는 원래 계획대로……. 그래요, 기다리는 게 몇 년 더 늘어난 것일 뿐이에요."

"그, 그렇군요!"

역시 마르셀라는 그리 쉽게 포기하는 소녀가 아니었다.

"그럼 길드에 가서 편지를 발송한 후에 나라로 돌아가죠. 아직 두 번밖에 보고하지 않았으니 슬슬 다음 보고를 해야 하는 시기이기도 하고, 왕궁에 돌아가기 전에 왕도의 여인숙에서 왕녀 전하와 몰래 만나 국왕 폐하께서 호통치실 때 어떻게 설명해야 할지 미리 입을 맞춰둘 필요가 있으니까요. 귀국에 대한 것과 대략적인 귀국 예정일, 그리고 그보다 조금 전에 정확한 도착일을 알릴 테니 길드에 빈번하게 나와서 편지를 기다려 달라고 연락해두기로 해요."

"네."

"그럼……."

"""출바알!"""

그리하여 모국으로 향하는 마르셀라 일행.

자신들이 지금 어떤 상태인지를 정확하게는 이해하지 못한 채…….

제99장 '원더 쓰리'의 귀환

"식물, 죽은 동물과 마물, 살아 있는 동물과 마물, 수납 시험 종료. 전부, 이상 없습니다."

"거꾸로 세운 병에서 물이 줄어드는 정도를 보아, 안에서의 완전한 시간 정지를 확인!"

"제가 넣은 것을 올리아나 씨가 꺼내는 것도, 그 반대도, 지장 없음."

"쓰러진 나무 수납이 가능하다는 사실을 확인. 적어도 그 정도 수납을 해도 아무런 영향이 없네요……."

"아델 씨가 설명한 대로예요……."

'원더 쓰리'는 고국으로 돌아가는 도중, 인기척 없는 숲속에서 실험을 했다.

그렇다, 그녀들이 아무리 마일에게 상세한 설명을 듣고 조금 연습해서 확인해봤다고는 하나, 충분한 검증 작업도 없이 새로 익힌 마법을 쓸 수 있을 리는 없었다.

제대로 확인 시험을 해서 생각지 못한 결점이나 구멍이 없는지 철저히 조사하는 것이 그녀들의 방식이었다.

게다가 모레나 왕녀에게 보낸 편지와 자신들의 실제 도착 날짜에 조금 차이를 두는 편이 좋았기 때문에 마일에게 배운 기타 새로운 마법도 잘 연습해 완전히 자신들의 것으로 만들 생각이었다. 왕도 내에서는 보는 눈이 많아 연습할 수 없으니까.

그렇게 여러 가지를 확인한 '아이템 박스' 마법이었는데…….

"아델 씨의 설명에 잘못된 점은 없었지만……."

"네, 아델은 남에게 가르쳐주는 것을 잘하고, 설명이 늘 정확하니까요……."

"틀린 데는 없었지만……."

"……네……."

""""이럼 진짜 곤란하다고요!!""""

세 사람의 목소리가 겹쳐졌다.

"아이템 박스에 대량의 상품을 담아 옮긴다면……."

"유통 시스템이 파괴되겠지요. 운송 관계, 그러니까 운반업, 마차, 말, 짐마차를 만드는 직공, 마부, 호위 헌터들, 그리고 그러한 사람들이 돈을 쓰는 가게, 기타 등등이 큰 타격을……."

마르셀라의 말에 모니카가 경직된 표정으로 그렇게 대답했는데, 올리아나의 표정은 더욱 굳어 있었다.

"그뿐만이 아니에요. 만약 저희 중 한 사람이 농성 중인 성이나 요새 안에 있고, 다른 한 사람이 식량이 풍부한 도시에 있다고 가정한다면, 아이템 박스에 계속 물자를 넣고 요새 안에 있는 사람이 그걸 계속 꺼낸다면……."

"물과 식량이 줄어들지 않아 무한 농성이 가능해지는……."

올리아나의 설명에 얼굴이 새파랗게 질린 모니카.

그런 군사상의 핵병기를 국가에서 그냥 둘 리 없었다.

그때 마르셀라가 더 엄청난 말을 입에 담았다.

"식량만이 아니라 증강을 위한 병사를 계속 넣고 요새 안에서 꺼내면……. 아무리 싸워도 줄어들지 않는 병사. 싸우고 또 싸워도, 농성 중인 병사의 숫자가 줄어들 기색이 조금도 보이지 않는. 분명 싸울 때마다 사망자가 나올 텐데도……. 그런 공성전, 공격하는 쪽 병사가 못 견딘다고요! 그렇지 않아도 수비 쪽이 유리한데……."

그렇다. 만약 그런 게 가능하다는 사실이 국가에 알려진다면.

왕궁이. 귀족이. 그리고 군이.

……가만히 있을 리가 없다.

"""절~~~대, 비밀입니다아앗!"""

그렇다. 만약 들킨다면 세 사람의 미래는 선택지 없는 직선 루트가 되리라. 그것도, 썩 즐겁다고 말할 수 없는 루트로…….

"아델 씨, 저희에게, 엄청난 화근을……. 아니, 감사하긴 한데요, 물론! 짐을 옮길 수고도 사라졌고, 청결을 유지할 수 있는 건 정말 정말 감사하다고요! 하지만 너무 위험하다고요, 이 초특대 화근!"

소리치는 마르셀라에게, 포기했다는 듯한 표정을 짓는 모니카와 올리아나.

"뭐, 아델 씨니까……."

"아델 짱이잖아요……."

"""…………."""

"왔다! 정말 편지 쓰기 싫어하신다니까요, 그 세 분……. 좀처럼 연락도 안 하다가 드디어 연락이 왔나 싶으면 『이상 없음. 임무 계속 중. 다들, 건강』이 끝이고, 지금까지 왔던 두 통 모두! 문장이라도 좀 바꾸란 말이에요!"

모레나 왕녀, 아니, '원더 쓰리'의 신입이자 F등급 헌터인 '모렌'은 헌터 길드 왕도 지부의 접수창구에서 편지를 받아들고는 남들 귀에 들리지 않게 작은 목소리로 불평했다.

"어쨌든 내용을……. 또 세 줄로 끝나면 진짜 화낼 거예요……. 어디 보자……."

봉투를 뜯고 안에 든 편지를 읽는 '모렌'.

"어디 보자…… 으음, 앗?! 귀국한다고요오옷?! 상세한 보고는 귀국 후에? 뭐야 뭐야……?!"

그리고 급한 귀국임에도 불구하고 그 이유도, 성과에 대해서도 적혀 있지 않은 편지를 구기며 '원더 쓰리' 세 사람의 너무 심하게 정보가 없는 편지에 투덜투덜 왕궁으로 돌아가는 모레……모렌.

"그나저나 그 아이들이 돌아오면 이번에는 두 번 다시 달아나지 못하게 아버님, 어머님, 그리고 오빠와 동생, 기타 많은 분이……. 모두의 생각을 미리 확인해 둘 필요가 있겠어요……."

그렇다, 불온한 말을 흘리면서…….

"돌아왔어요······."

모국 브란델 왕국. 그 왕도로 돌아온 '원더 쓰리' 일행.

사흘 전에 마지막으로 들른 도시에서 보낸 편지는 어제쯤 이곳 길드에 도착해 모레나 왕녀의 손에 전달되었을 터다.

길드편이 아니라 왕도로 향하는 승합마차에 맡긴 편지가 도착하지 않는 건 도적이라도 만나지 않은 한 흔히 볼 수 없는 일이었다. 그리고 이렇게 왕도와 가까운 곳에 자리를 잡은 도적은 많지 않았고, 만약 나타난다고 해도 바로 토벌대가 출동한다.

그 뒤에 도착한 '원더 쓰리'가 도적 출현 이야기를 듣지 못했다는 건 편지가 무사히 도착했다는 뜻이었다.

"그럼 계획한 대로 오늘은 지정한 여인숙에서 편하게 쉬어요. 왕녀 전하께서 몰래 오실 때까지, 잠시 눈이라도 붙일까요."

"네, 오늘 아침에는 일찍 일어나서 출발했으니까요."

"오랜만에 느긋하게 쉬어요."

마르셀라의 제안에 모니카와 올리아나가 고개를 끄덕였다.

모레나 왕녀에게 편지로 알려준 여인숙이 만실이어서 묵지 못하게 된다면 큰일이다. 그래서 상당히 이른 시간에 왕도에 도착해 얼른 여인숙부터 잡은 마르셀라 일행이었다.

* *

"젊은 여성분이 손님들을 찾아오셨습니다만······."

"네, 아는 사람이니 들여보내 주세요."

저녁 후 모레나 왕녀가 몰래 왕궁을 빠져나와 찾아왔다.

물론 몰래 왔다고는 해도, 호위가 숨어 여인숙 주위를 지키고 있는 것은 틀림없었지만…….

"여러분, 장기간에 걸친 특별 임무를 수행하느라 고생 많으셨습니다. 다친 데도 없이, 건강한 모습이어서 정말 다행이에요. 그런데 결과는……."

그리고 마르셀라 일행은 이야기했다.

아델 폰 아스컴 여자작의 생존을 확인했다는 것, 현재는 나름대로 행복하게 지내고 있다는 사실을…….

하지만 어디에 있는지, 지금은 다른 이름을 쓰고 있다는 것, 또 몇 년 후에는 귀국할 가능성이 있다는 사실 등은 일절 말하지 않았다.

아델의 귀국 가능성을 암시하면 왕자들이 정비 자리를 비워둔 채 기다릴지도 모르고, 현재 쓰는 이름과 있는 곳을 알려주면 사자라는 이름의 '데려오기 부대'가 은밀히 파견될 게 틀림없었기 때문이다.

"본인의 허락 없이 남에게 있는 곳을 알려주는 건 금지되어 있어요. 만약 그걸 어긴다면 아델 씨 안에 있는 『그것』이……."

"윽!"

모레나 왕녀도 그 말을 들으니 과연 아무 말도 할 수 없었다.

"하지만 집안 문제는 이미 정리되었고, 아델 씨가 정식 후계자, 아스컴 여자작이 되신 것은…….."

"네, 물론 전했습니다만 지금은 따로 해야 할 일이 있다며……."

"그런가요……. 그래도 무사하시고, 지금 행복하시다면……."

아무래도 모레나 왕녀는 억지로 아델을 데리고 올 생각은 없는 듯했다. 마르셀라 일행은 안심했다.

"그럼 마르셀라 씨 일행은 아델 씨를 고국으로 데리고 돌아오는 건 포기하신 건가요? 그럼 앞으로……."

"네, 왕녀 전하의 명령이었다고 해도 취임하자마자 장기간에 걸친 부재와 임무 실패. 그 책임을 지기 위해 근위병 직을 내려놓으려 합니다."

"허어어어어어억~~?!"

마르셀라의 폭탄 발언에 모레나 왕녀가 무심코 소리를 지르고 말았다.

"쉬잇~! 조용히 해주세요!"

마르셀라가 허둥지둥 모레나 왕녀의 입을 틀어막았다.

불경한 행동이었지만 어쩔 수 없었다. 게다가 왕녀와는 마음을 터놓은 친구 사이이므로 이 정도는 괜찮았다.

이런 싸구려 여인숙에서 큰 소리를 내면 건물 전체에 다 들리고 만다. 그것도 어린 여성의 비명이라면…….

""""""무슨 일입니까아아!!""""""

여인숙 관계자와 흑심 가득한 젊은 남자 숙박객들이 쇄도할 게 뻔했다.

""""죄송합니다…….""""

모여든 여인숙 관계자와 숙박객들에게 고개 숙여 사과한 후 돌려보낸 마르셀라 일행.

"미안해요……."

그리고 모레나 왕녀가 풀 죽은 얼굴로 마르셀라 일행에게 사과했다.

늦은 밤이 아니라서 다행이었다.

"하지만 마르셀라 씨가 그렇게 말씀하셔서 그런 거예요! 그건 제가 명한 임무잖아요. 물론 여러분이 꼬드긴 거긴 하지만……."

모레나 왕녀는 일단 마르셀라 일행에게 이용당했다는 사실을 자각하고 있는 모양이었다.

하지만 별로 속인 것도 아니고 서로의 이익, 서로의 의도가 일치했기에 각자가 할 수 있는 역할을 분담해서 했을 뿐이다.

그래서 거래 상대로서도, '친구 사이'로서도, 아무 문제 될 것은 없었다. 서로 알고서 한 '공동 모의'였으니까.

다만 실현하지는 못했어도 마르셀라 일행이 계획했던 '아델과 함께 모르는 척 도피행 작전'만큼은 다소 배신 냄새를 풍겼지만…….

"그러니 여러분이 여성 근위병 직을 내려놓을 필요는 없어요. 이번 일은 제가 이미 아버님과 각부로부터 야단맞고 충분한 벌을 받아 마무리했으니까. 그래요, 용돈 삭감이라든지, 외출 시간의 제한이라든지, 공부 시간의 증가라든지, 참으로 참으로 참으로 참으로 참으로 참으로 참으로 참으로 혹독한 벌들을……."

바득바득 이를 갈며 피를 토하는 듯한 얼굴로 호소하는 모레나 왕녀.

그리고 우왓, 하는 표정으로 그 말을 듣는 마르셀라 일행.

"무슨 영문인지 그 일로 저에 대한 평가가 오히려 올라간 것은 좀 의문스럽지만요……."

""""네?""""

그렇다, 여성 근위 분대 설립 때 보인 훌륭한 솜씨. 그리고 그조차 진짜 목적을 위한 예비 작전에 지나지 않았다는, 경탄할 만한 계획성과 끝까지 들통 나는 일 없이 계획을 이행한 무서운 재능. '모략 왕녀'로 제3왕녀 모레나의 주가가 폭등하게 되었는데 본인들은 그런 사실을 전혀 인지하지 못했다.

"아무튼, 그렇게 되어서 여성 근위 분대는 예정대로 계속 시행하고 있고, 여러분은 아무런 잘못도 없으니 이대로 원래 임무에 복귀하면 돼요. 내일 제가 내린 임무를 마치고 귀환했다고 해서, 왕궁으로 오시면……."

아무래도 계속해서 근위로 근무하기에는 문제가 없어 보였다.

하지만 마르셀라 일행에게는 난처한 일이었다.

근위는 아델 탐색 여행을 떠나기 위해 합법적으로 아무 문제 없이 출국하기 위해 계획했던 임시방편이었다. 그것이 끝난 이상 계속 군인으로 일하고 싶지 않았다.

원래 마르셀라 일행은 세 명 모두 그런 일에 적합한 성격이 아니었다. 그래서 얼른 그만두고 싶었던 것인데, 모레나 왕녀는 모처럼 '허심탄회하게 이야기 나눌 수 있는 진정한 친구'인 세 사람이 자신 곁으로 와 준 만큼 놓치고 싶지 않았다.

그리고 모레나 왕녀는 마르셀라를 자기 오빠나 동생의 아내로 삼고 싶어 했다. 오빠와 동생도 그걸 강하게 원하기도 했기에, 절대 혼자만의 망상이나 음모가 아니었다. 단지 마르셀라의 의향을 전혀 고려하지 않았을 뿐…….

다만 오빠인 아델베르트와 동생인 빈스는 모레나가 보아도 충분히 매력적인 남자라고 생각했다. 못해도 황태자 전하와 제2 왕자가 아닌가. 그런 혼담을 싫어할 여성이 있다는 것은 모레나 왕녀의 상상 밖에 있었다.

그렇다, 모레나 왕녀는 자신의 희망과 오빠, 동생의 희망, 그리고 마르셀라의 행복이 완전히 일치한다고 믿었다.

그래서 마르셀라 일행의 마음을 바꾸게 하려고 말하고 말았다.

……그렇다, 말해버리고 만 것이다.

"오빠도 동생도, 마르셀라 씨가 왕궁에 계셔주시길 희망하고 있고……. 슬슬 두 사람 중 누군가가 혼인 이야기를 꺼낼 시기라고 생각해요. 모니카 씨도 아버님이 어느 남작가에 혼인 이야기를 타진시키고 계신 모양이고, 올리아나 씨를 양녀로 삼고 싶다는 귀족도 있다는 모양이에요. 그렇게 되면 귀족의 딸로, 좋은 혼사처가…….."

"""으.""""

"으?"

""""으아아아악~~!""""

다행히도 불과 조금 전에 한 번 저지른 터라 여인숙 사람과 다

른 숙박객이 달려오는 일도, 시끄럽다는 목소리가 들려오는 일도
없었다.

＊　　＊

"""…………."""

모레나 왕녀가 돌아간 후 얼마간 정적이 흐르다가…….

"아직, 왕족의 애첩 따위가 되어 인생을 끝내고 싶지는 않아
요……."

"귀족의 양녀라지만, 저한테 그럴 가치가 있는 것도 아니고 단
지 아델이 돌아왔을 때를 위한 미끼일 뿐인 거죠. 평범한 평민 딸
이 귀족 사이에서 어떤 취급을 받을지는 쉽게 상상이 간다고요.
아니, 겉으로는 똑같이 대할지도 모르지만, 절대 마음 편한 삶은
아닐 거예요……."

"이하동문!"

마르셀라, 올리아나, 모니카의 생각이 일치했다.

그리고…….

"""탈출!"""

＊　　＊

다음 날, 아무리 기다려도 '원더 쓰리'가 왕궁에 모습을 드러내
지 않자, 지칠 대로 지친 모레나 왕녀가 여인숙을 찾아갔더

니…….

"그분들이라면 어젯밤에 급히 방을 빼셨는데요…….”

"네?"

아무리 그래도 왕녀 전하에게 '손님의 개인정보는……' 하고 말할 근성은 없었던 여인숙 주인은 결국 그녀들의 행방을 알려주었다.

그렇다, 마음이 급했던 모레나 왕녀가 변장도 하지 않고 원래 복장 그대로 호위까지 대동하고 온 것이다…….

그길로 헌터 길드를 찾은 모레나 왕녀는 창구로 달려갔다.

"워,『원더 쓰리』분들은…….”

잘 교육받은 접수원은 왕녀 복장과 호위의 존재에도 눈 하나 깜빡하지 않고 상대를 F등급 헌터로, 똑같이 응대했다. 그렇다, 늘 그렇듯 '원더 쓰리'의 일원으로 말이다.

"편지를 맡기고 가셨습니다…….”

빼앗듯이 편지를 받아든 모레나 왕녀는 떨리는 손으로 봉투를 뜯고 편지지를 꺼냈다.

그리고 서둘러 내용을 읽었는데…….

『"이대로 원래 임무에 복귀하라"는 명령을 받들어, 다시 아델 폰 아스컴 여자작을 찾기로 하였습니다. 이상 없음. 임무 계속 중. 다들, 건강함.』

"당했어요! 이 인간드으으으으을~~!!"

$$* \quad *$$

"어디로 갈까요? 곧장 아델 짱한테?"

"며칠 되지도 않았는데 벌써 얼굴을 보일 수는 없죠, 부끄러워서!"

"그럼 기만 공작을 겸해 반대 방향인 서쪽으로 가볼까요? 헌터로서 실력을 쌓아, 아델 짱이 저희를 거부할 수 없을 만큼 강해지기 위해. 그렇게 서쪽을 한 바퀴 순회한 후 이 나라를 몰래 빠져나가 티루스 왕국으로. 『아델 짱을 위해 헌터가 되고 자시고』, 그냥 어엿한 헌터가 되어버리면. 아델 짱이 함께하든 안 하든 저희가 헌터 생활을 계속한다면. ……아델 짱이 저희와 함께하는 것을 거부할 이유가 없어지잖아요?"

""……그거네!""

그리하여 '원더 쓰리'는 서쪽으로 향했다.

마일의 영지인 아스컴 자작령을 거쳐, '붉은 맹세'가 예전에 여행했던 서쪽 나라로…….

귀국 여행 때는 의뢰를 받지 않고 곧장 모국을 향했기 때문에.

또 귀국하는 도중에 마법 연습은 마일에게 배운 지원마법을 신중하게 검증하는 것만 했고, 전력을 다해 공격 마법을 쏘는 일은 전혀 없었기 때문에.

자신들 주위에 늘 '동조 적성이 무척 높은, 대량의 나노머신'이 수반하고 있다는 사실도, 그게 무엇을 의미하는지도 알지 못한 채…….

물론, 마일 역시 자신이 무슨 짓을 저지르고 말았는지 인지하지 못했다…….

                    *   *

"그런데 아이템 박스 말인데요…….”

마르셀라가 모니카와 올리아나에게 진지한 얼굴로 말했다.

"너무 심하게 편하니까 다른 사람들이 보지 않는 데서는 다들 조금씩 쓰는 것도 어쩔 수 없지만, 남들 앞에서는 한 사람만 쓰는 편이 좋을 것 같아요. 아무리 그래도 저희 세 명 모두가 수납마법 구사자라고 하는 건 좀 그러니까…….”

""“듣고 보니…….”""

과연 그건 너무 심하다.

표면적인 사정을 알고 있는 일부 사람들은 '아아, 또 여신님을 만나서 어떤 일의 보상으로 축복받은 건가……’ 하고 생각할 수도 있겠지만, 받아들여지는 것과 그걸 이용하려고 달라붙는 것은 별개의 문제다.

그리고 표면적인 사정을 모르는 자들은 세 명으로 구성된 파티 전원이 수납마법 구사자라는 천문학적 확률을 그저 우연이라고 받아들일 리 없다.

당연히 어떤 비밀이 있다고 생각하겠지.

획기적인 수납마법 습득 방법이 있다.

마법 가방 등 어떤 아이템의 존재.

핏줄에 의한 유전.

기타 등등…….

그렇다, 그 비밀을 입수하기 위해서라면 평민의 목숨 따위 대수롭지도 않게 여길 귀족, 왕족, 상인, 범죄자들이 몰려들 게 뻔하다.

그리고 희소한 수납마법 구사자가 세 명이나 모여 있는 것은 인재 낭비라면서 세 명을 떨어뜨려 활용해야 한다는 이야기가 위(길드 상층부라든지 왕궁이라든지 군이라든지)에서 나올 가능성도 있었다.

"완전히 숨겨 버리면 사냥감 운반도 그렇고 아예 못 쓰게 되어 버리니까 한 명은 쓸 수 있는 거로, 그것도 상당한 대용량으로, 그렇게 해둬야 해요. 문제는 누구로 할 것이냐인데……."

잠깐 뜸을 들인 후, 차분한 목소리로 선언하는 마르셀라.

"……제가 맡고 싶어요."

""앗!""

그 말을 듣고 모니카와 올리아나가 놀라서 소리쳤다.

"안 돼요! 수납을 구사하는 아이라니, 도적과 위법 노예 사냥꾼한테 제일 표적이 되기 쉬운 먹잇감이라고요. 너무 위험해요! 그건 제가 맡을게요. 상인의 딸이라면 귀족 아가씨보다야 수납마법을 쓰는 것도 부자연스럽지 않고……."

"아뇨, 그건 제가. 저희 셋 중에 제가 제일 신분이 낮으니까 위험한 걸 맡는 것은 저의 역할이에요."

모니카와 올리아나가 그렇게 말하면서 수납마법 구사자를 맡을 사람이 자신이라고 주장했지만, 마르셀라가 드물게도 조금 화난 듯 강한 어조로 반론했다.

"평민에게 위험을 떠넘기는 귀족 따위, 쓰레기예요! 노블레스 오블리주(고귀한 사람의 의무)라는 말을 모르시나요? 모니카 씨, 저에게 귀족으로서 실격자라는 낙인을 찍으시려는 건가요? ……그리고 올리아나 씨!"

시선을 모니카에서 올리아나로 옮긴 마르셀라.

"우리 사이에 신분은 아무 상관 없어요!"

하지만 그 말을 들은 모니카와 올리아나가 즉시 반론했다.

"더블 스탠다드예요! 자기는 신분을 방패삼아서 위험을 떠맡으려고 하면서 올리아나한테는『신분 따위 상관없다』라고요? 너무 자기 멋대로잖아요!"

"그럼 논리적인 이유를 들죠. 이 중에서 제가 제일 마력이 낮으니까『항상 수납마법을 쓰고 있어서 다른 마법을 쓸 여력이 별로 없다』라고 둘러대면 설명이 돼요. 그럼 제일 도움이 안 되는 저의 대외적인 입장이 향상될 테니 저한테는 좋은 일이에요. 반면 마르셀라 씨가 맡으면 마르셀라 씨의 가치가 너무 올라가서 계속 표적이 될 거라고요, 왕족이라든지 상급 귀족들에게……. 공격 마법을 쓸 수 있고 어리고 약혼자도 없는 귀족 딸, 심지어 여신의 총애를 받은 수납마법 구사자. 절대 도망칠 수 없게 된다고요, 아시겠어요?"

"윽……."

모니카와 올리아나의 반론에 대답하지 못하는 마르셀라.

결코 토론에 약한 편이 아닌 마르셀라였지만, 상인의 딸인 모니카와 천재인 올리아나를 동시에 상대하는 건 너무 불리했다.

하지만 인간에게는 '절대 물러설 수 없는 때'가 있다.

마르셀라에게는 지금이 그때였다.

"파티 리더로서의 결정사항입니다!"

""윽!""

그리고 마침내, 마르셀라가 지금까지 한 번도 쓴 적 없는 비장의 카드를 꺼내 들었다.

파티 리더의 권한.

헌터 파티는 친구들 모임이 아니다.

모두가 납득할 때까지 함께 의논한다거나, 다수결 같은 말을 했다간 머지않아 전멸할 것이다.

그래서 리더가 결정한 일에는 절대복종. 도저히 납득할 수 없을 때는 파티에서 빠진다. 그것이 헌터 파티의 철칙이었다.

"".............""

말문이 막혔다는 표정으로 입을 다문 모니카와 올리아나.

그리고 잠시 고민한 끝에······.

"알겠어요. 납득은 안 되지만······."

"이하동문······."

아무래도 어쩔 수 없이 마르셀라의 판단······아니, 파티 리더의 결정을 받아들이기로 한 듯했다.

"······그럼 혹시 몰라 제가 어젯밤에 생각한 『긴급 탈출 마법』에 대해 설명하겠습니다."

""네?""

조금 미묘한 분위기가 이어진 후, 올리아나가 갑자기 설명을 시작했다.

"마르셀라 님이 위험을 떠맡으셨으니까요. 아직 생각만 했을 뿐 상세한 검토도 실증 작업도 거치지 않은 상태긴 하지만 납치되었거나 탈출해야 할 일이 생겼을 때를 대비한 방법을……."

모니카와 마르셀라가 눈빛으로 다음 말을 재촉하자 말을 계속 잇는 올리아나.

"저희가 따로 떨어져 개별 행동을 하고 있을 때 만약 누군가가 위험에 빠진다거나 붙잡힌다면……."

모니카와 마르셀라는 올리아나의 말을 가만히 기다렸다.

"스스로 아이템 박스에 들어가는 거예요."

""허억?!""

무슨 말인지 모르겠다는 표정인 모니카와 마르셀라.

"아이템박스 속의 시간은 멈춰 있어요. 그러니 물도 음식도, 공기조차 없어도 전혀 곤란하지 않죠. 아무리 시간이 흘러도 기다리는 동안의 지루함과 고통과도 무관해요. 그러니 위험해지면 자신을 아이템박스에 넣고 나머지 둘이 꺼내주기만 기다리면 돼요. 물론 기다릴 것도 없이 본인한테는 한순간에 불과하겠지만요……. 그러니까 개별 행동을 할 때는 다들 하루에 한 번 정도는 『아이템박스 속에 누가 들어가 있는지』 확인할 의무를 갖추면……."

"" 천재 아니에요?!""

"아, 전부터 천재였죠. 적어도 하늘의 별 따기라는 장학생 입학
을 해낼 정도로는……."
"그랬지요……."
셀프로 지적하는 모니카와 마르셀라.
"다만, 꼭 주의해야 하는 게 있어요."
"……뭔가요?"
"다른 사람이 이미 들어가 있는 것도 모르고, 무심코 다들 들어
가 버리면……."
""들어가 버리면?""
"꺼내줄 사람이 없어서 영원해 갇혀 버려요. 아이템박스 속에
서는 시간이 정지되어 있어 스스로 나오기란 불가능하니까……."
""…………""
올리아나의 설명에 안색이 어두워진 모니카와 마르셀라.
"아니, 웬만큼 다급하지 않은 한 들어가기 전에 반드시 안을 확
인하면 되니까……."
올리아나의 설명에 다시 안색이 조금 돌아온 두 사람이었는
데…….
"아."
마르셀라가 작게 탄성을 내질렀다.
"왜 그러세요, 마르셀라 님?"

모니카가 이상하다는 듯 물었다.

"혹시 저희 중 한 사람이 다른 나라에 멀리 가 있고, 그게 그러니까, 고국에 남은 두 사람 중 나머지 한 명이 아이템박스에 들어가면 눈 깜빡할 사이에 다른 나라에도……."

""아.""

"그리고 용건이 끝난 후 두 사람이 아이템박스에 들어가면, 단숨에 귀환도……."

"""……."""

""""………….""""

"""""…………….""""""

"그거, 옛날이야기에 나오는, 초시공 마법 『공간 전이 마법』이잖아요오오오오오!"

"뭘 생각해내신 거예요! 엄청 위험한데요오오오오오오!"

"……미안합니다……."

제100장 반성 그리고 새 의뢰

"모래주머니를 꺼내."

"엥?"

아침, 식사를 마친 후 길드 지부에 의뢰를 물색하려고 하던 중 레나가 그렇게 말하자 마일은 곤혹스러웠다.

그렇다, 아침 댓바람부터 숙소에서 모래주머니에 무슨 볼일이 있다는 말인가.

마일뿐 아니라 메비스와 폴린도 머리 위로 물음표를 그렸다.

한편 마일은 그렇다고 쳐도 메비스와 폴린까지 그런 반응을 보이자 약이 오른 듯한 레나.

"너희……."

레나는 메비스와 폴린을 향해 어이없다는 표정을 지었다.

"언제든지 그리고 언제까지나 마일의 수납마법이 있는 게 당연하다고 생각했다간 죽는다고……."

""엥……?""

레나가 여느 때처럼 화를 내지 않고 정말로 황당하다는 듯, 한편으로는 약간의 비통한 표정으로 한숨 섞어 한 말은 메비스와 폴린에게 큰 충격을 안겨 주었다. 그렇다, 그 말의 내용뿐 아니라 평소와 다른 레나의 태도에…….

지금까지 마일의 존재가 당연하고, 수납마법을 쓰는 것이 당연하다고 여겨왔던 메비스와 폴린.

마일이 '요정 사냥' 때문에 자리를 비웠을 때 갔던 '마일 없는 사냥 훈련'에서는 여러 가지로 고생했었지만, 그건 일본의 도시에 사는 아이가 캠프에 참가해 불편한 생활을 경험하며 잠깐 즐기는 것과 같아서 힘들었을지언정 위기감은 거의 없었다.

그리고 이번 역시 마일이 곁에 있지만, 수납마법을 쓸 수 없다는 사실도, 마치 게임에서의 제한 플레이 혹은 핸디캡 같은 느낌으로 레나가 느낀 '위기감'이 전혀 없었다.

……그렇다, '붉은 번개'와 함께했던 평범한 헌터 파티로서의 나날, 그리고 그 후에 솔로 헌터로 고난의 나날을 보낸 레나와 달리 메비스와 폴린의 헌터 생활은 처음부터 마일과 함께였기에 다른 헌터 생활에 대해 전혀 몰랐다.

자신들이 헌터를 하는 동안에는 강하고 편리한 마일이 늘 함께해 줄 것이다.

그런 미래는 사상누각에 지나지 않는다는 사실을 아는 사람은 레나 그리고 마일 본인뿐이었다…….

"마일, 먼저 내려가 있어."

"네? ……아, 네, 알겠어요!"

평소답지 않은 레나의 행동에 마일은 뭔가를 알아차리고 순순히 1층으로 향했다.

그리고…….

＊　　＊

"많이 기다렸지."

한참 지나고 나서야 계단을 내려온 레나 일행.

그리고 메비스와 폴린은 왠지 의기소침하달까, 축 늘어졌다고
할까…….

"마일, 물통이랑 모래주머니를 꺼내줘."

"나도 부탁해……."

"엥……? 아, 알겠어요……."

메비스와 폴린의 말에 마일은 허둥지둥 아이템박스(수납)에서
물통과 모래주머니, 가방을 꺼냈다.

폴린은 등에 메는 형태, 메비스는 기습을 받았을 때 바로 짐을
던져버릴 수 있도록 어깨에 거는 형태였다. 모래주머니는 두 사
람이 각자 원하는 양을 가방에 넣고 나머지는 다시 회수했다.

진짜 짐이 아니라 모래주머니인 까닭은, 진짜 짐을 등에 메면
식품이나 물의 경우 마르거나 상할 수 있고 무슨 일이 일어나 짐
을 버려야 할 때의 손해를 막기 위해서였다.

모래주머니는 마일이 직접 만든 것이어서 재료비와 마일의 수
고는 들었어도 다른 짐보다는 훨씬 쌌다. 어차피 그냥 모래주머
니니까…….

레나도 그 부분은 받아들인 듯했다.

마일은 자기를 제외하고 세 명이서 무슨 대화가 오갔는지 대충

짐작이 갔다. 그래서 혼자 대화에서 빠졌다고 생각하지도 않았고, 달리 묻지도 않았다.

레나에게 다 맡기기로 한 것이다.

레나는 여러 가지로 고생해봤으니 잘 지도해주겠지.

적어도 마일이 자신의 위치에서 잘났다는 듯 지도할 일은 아니었다.

그건 천하의 마일이라도 대충 이해를 했다⋯⋯.

*　　*

"⋯⋯늦었네⋯⋯."

길드 지부의 의뢰 보드를 응시하며 레나가 그런 말을 흘렸다.

그렇다, 이미 괜찮은 의뢰는 다 다른 헌터들에게 넘어간 후였다.

그렇게 긴 시간을 '대화'하는 데 썼으니 당연했다.

"" ⋯⋯⋯⋯."

남일 얘기하듯 말하는 레나에게 '이게 다 누구 때문인데요?!' 하고 당장 버럭 할 것 같은 폴린(평소에는 그런 말투를 쓰지 않지만 다른 사람 때문에 손해 봤을 때의 폴린은 평소와 다르니까)이었지만, 아무래도 이번만은 그렇게 나올 기색이 없었다. 물론 메비스도.

"어쩔 수 없네요. 그럼 오늘은 상시 의뢰와 소재 채취를⋯⋯."

"아, 『붉은 맹세』 여러분, 창구까지 좀 와주세요!"

마일이 오늘 일을 제안하려고 하는데, 수주 접수창구에서 낯익은 접수원 아가씨의 목소리에 막혔다.

네 사람이 접수창구로 다가가자 접수원이 진지한 표정으로 조용히 속삭였다.

"지명 의뢰입니다. 길드 마스터께 가보세요."

""""…………."""""

서로의 얼굴을 마주 본 후, 고개를 끄덕이는 네 사람.

딱히 지명 의뢰 제안을 받은 것이 처음도 아니었으며, 받아들인 적도, 거절한 적도 있었다.

불과 얼마 전에 제국에 간 것도 '특별 의뢰'라는 표현이긴 했지만 거의 지명 의뢰나 마찬가지였다.

그래서 새삼스레 지명 의뢰가 들어왔다는 것에 긴장하는 '붉은 맹세'는 아니었으며, 문제 있는 의뢰면 거절하면 그만이었다.

그런데 왜 다들 표정이 진지한가 하면…….

지명 의뢰란 의뢰자가 수주자를 지명하는 것일 뿐 의뢰 내용 자체의 난도와는 직접적인 연관이 없다. 부자가 '유명 파티에게 지명 의뢰를 맡겼다'라는, 지위 때문에 별것도 아닌 의뢰를 낼 때도 있는가 하면 재정난을 겪는 파티에게 친한 상인이 지명 의뢰를 줄 때도 있었다.

그래서 같은 '지명 의뢰'라 할지라도 무척 곤란한 것도 있고 정말 대수롭지 않은 것도 있다. 뭐, 약초 채취나 고블린 토벌을 지명 의뢰로 내는 사람은 보통 없지만…….

그래서 지명 의뢰도 다른 의뢰처럼 창구에서 수주하거나, 기껏해야 개인실이나 칸막이가 되어 있는 반 개인실 부스에서 수주를 진행하는 정도였다.

……그렇다, 일일이 길드 마스터의 방으로 갈 일이 아니었다.

"……뭔가, 문제 있는 의뢰일까요?"

"말도 안 되는 의뢰면 거절하면 그만이야."

걱정하는 폴린에게 그렇게 대답하는 레나였는데…….

"뭐, 일단 이야기를 들어봐야지. 길드 마스터한테 가보자."

그렇다, 메비스의 말대로 이야기부터 들어보지 않으면 모르는 것이었다…….

＊　　＊

""""호위 의뢰?""""

이미 잘 알고 있는 길드 마스터의 방.

보통 C등급 헌터는 그렇게 몇 번씩 길드 마스터의 방을 드나들지 않지만…….

그렇다, 그건 마치 일반 학생이 교장실 혹은 학장실에 상시로 드나드는 것이나 마찬가지로, 웬만큼 우등생이거나 엄청난 문제아이거나 둘 중 하나였다.

어쨌든 그곳에서 들은 내용은 호위 의뢰였다.

마물이나 도적은 언제 어떤 놈들이 덮칠지 알 수 없다. 그래서 보통은 습격하는 상대에 맞추어 호위를 고를 수 없었다.

귀족과 왕족, 대상인 등이 적대 파벌이나 적국의 암살부대의 표적이 되었다거나 할 때는 물론 가신, 군부, 용병단 등을 쓰기 때문에 적어도 C등급 이하 일반적인 헌터를 고용하지는 않는다.

그렇다, 일반적으로는……

“““““……목적지는 엘프 마을?”””””

그렇다, 일반적으로는 말이다…….

특별 단편   우리는 전속 나노머신대!

마르셀라 일행의 전속으로 선택받은 나노머신들은 잔뜩 들떠 있었다.

『음하하, 이제 앞으로 수십 년간은 지루하지 않을 거야!』

『……수십 년? 아니, 길게 끌면 100년 넘게도 갈 수 있잖아!』

『음. 전속 임무를 받은 것이니 대상자를 지키는 것도 임무 중 하나, 라고 해석해도 되겠지…….』

『너희, 또 멋대로 확대 해석을…….』

고지식한 나노머신이 나무랐지만, 대부분의 나노머신은 그런 충고를 들으려고 하지 않았다.

『다치면…….』

╓╥╥╥고친다!╙╨╨╨

『병은…….』

╓╥╥╥고친다!╙╨╨╨

『적은…….』

╓╥╥╥물리친다!╙╨╨╨

╓╥╥╥음하하하하하하!╙╨╨╨

『……즐거워 보이네, 너네…….』

모국의 왕도로 돌아가면서 마일에게서 배운 편리 마법과 아이템박스 확인과 연습을 하는 마르셀라 일행.

　『큰일 났다! 운송 능력뿐 아니라 아이템박스를 여럿이 공유하는 것의 의미를 이해해버렸어! 이 녀석들, 마일 님과 달리 머리가 잘 돌아간다!』

　『병참에 이용하는 것뿐만 아니라 병력 운송까지 알아차려 버렸어! 위험하다고!』

　『셋이 아이템박스를 통해 같은 압궤 세계를 공유하자는 말을 들었을 때 왜 아무도 반응하지 않은 거야…….』

　『그야, 그렇게 해야……』

　『ㄸㄸㄸㄸㄸ재밌으니까!ㅆㅆㅆㅆ』

　『ㄸㄸㄸㄸㄸ음하하하하하하!ㅆㅆㅆㅆ』

　『……즐거워 보이네, 너네…….』

　엉망진창이었다…….

*　　*

　『유사 텔레포트로서의 활용법도 알아차리고 말았다!』

　『이동할 때 교대로 항상 두 명을 아이템박스에 넣어두면 마차 비용을 아낄 수 있다거나 그동안에 아이템박스 속에 있는 사람은 나이를 먹지 않기 때문에 수명을 늘릴 수 있다는 것도 조만간 눈치채는 것 아니야? 뭐, 상대적으로 장생하는 것뿐이지 실제 생활 연령이 늘어나는 건 아니지만…….』

『그런데 그럼 혼자 여행이나 다름없으니 외롭지 않을까? 깨닫는다고 하더라도 셋이 즐겁게 여행하는 쪽을 고를 것 같은데…….』

『……하긴.』

『너, 인간을 잘 이해하고 있구나…….』

『그나저나 아무리 강한 마물이 등장해도 아이템박스에 수납하면 그만이라는 건 언제 깨닫게 될까?』

『그리고 헌터 길드 지부 해체장에서 꺼냈는데 산 채로 나와서 엄청난 소동이 빚어지는 것까지가 한 세트일까?』

『『『『『『음하하하하하하!』』』』』』

『안 돼, 나, 앞으로가 너무 기대돼서 죽을 것 같다고…….』

*　*

"뭐, 뭐뭐뭐, 뭐예요, 이게!"

서쪽으로의 여행을 시작한 후 가도에서 벗어나 숲속을 걷고 있던 '원더 쓰리'.

그렇다, '운송 능력이 거의 없다'라는 '원더 쓰리' 최대의 약점을 아이템 박스로 극복한 지금은 채취고 수렵이고 실컷 할 수 있었다. 심지어 세 명 모두 마일에게 효율적인 탐색 마법을 배웠으니까.

……무적이었다.

그래서 한밑천 벌어보려고 가도를 벗어나 숲을 가로지르기로 했다.

보통 이렇게 길에서 먼 장소에서 채취한 약초는 납입할 때까지 신선도가 떨어져 값이 대폭 하락하고, 잡은 사냥감을 옮기기 힘든 데다가 고기가 잘 상한다.

……바꿔 말하면 아무도 채취나 사냥하지 않는 블루오션이라는 이야기였다.

또 무리에서 낙오된 오크 한 마리를 발견하고 아이스 커터를 쏘는 마르셀라였는데…….

"왜 몸통이 둘로 쪼개지는 것도 모자라 뒤편에 있던 거목들까지 쓰러지는 걸까요……."

그렇다, 아이스 커터는 절대 그 정도로 위력 있는 공격 마법이 아니었다.

기껏해야 오크의 배를 조금 갈라놓는 수준.

마르셀라가 마법 실력이 좋은 것은 잘 운용해서 쓰기 때문이지 마법 위력 자체는 다른 뛰어난 마술사에게 절대 미치지 못한다. 그렇다, 마르셀라의 공격마법은 그렇게 강력하지 않았다.

"어째서……."

어이없어하며 멈춰 서는 마르셀라.

그때 올리아나가 마르셀라에게 말했다.

"우선 오크를 수납하고 여기서 벗어나요. 피 냄새를 맡고 다른 마물과 짐승이 올 테니까…….."

마르셀라는 정신을 차리고 고개를 끄덕였다. 생각은 나중에도 할 수 있다. 지금은 해야 할 일을 우선순위에 따라 실행할 때였다.

"아, 이왕 이렇게 된 거 쓰러트린 나무도 수납해요! 장작으로 써도 되고, 이만큼이나 자란 나무를 무의미하게 썩혀버리면 나무에도, 숲의 신에게도, 그리고 장사의 신에게도 면목이 서질 않아요!"

과연 '원더 쓰리'의 장사 부문 담당답다. 모니카가 옆에서 야무지게 끼어들었다.

'붉은 맹세'는 장사, 재무 관리, 계략 등은 전부 폴린이 맡고 있는데, '원더 쓰리'는 그러한 일을 모니카와 올리아나가 둘이서 나누어 맡았다.

마르셀라는 두 사람이 '마르셀라 님은 그런 사사로운 일에 상관하지 마시고 순결하게 계세요!' 하고 주장했고, 잘 모르기도 해서 그런 부분은 전부 모니카와 올리아나에게 맡겼다.

"아, 좀 시험해보죠. 나무 중에 한 그루만 수납할 때『단, 수분 일부는 제거한다』라고 강하게 생각을 불어넣어서 곧바로 장작으로 쓸 수 있는지를……. 생나무 그대로면 불을 붙였을 때 그을음과 연기가 많이 나기도 하고 화력이 낮아서 값어치도 대폭으로 떨어지고……. 가능하다면 생나무의 무게 중 절반 정도를 점하는 수분을 6할 정도로 제거하고 싶네요."

과연 올리아나, 모니카보다 한 수 위였다.

"전체 무게의 2할 정도까지 줄이자는 거죠? 한 번 해봐요!"

"네!"

마르셀라와 모니카도 적극적이었다.

『어떻게 하지? 이차원 수납(아이템 박스)은 게이트를 열고 이차원 세계에 드나드는 것일 뿐이니까 그런 편리 기능은 없는데…….』

259

『뭐, 괜찮지 않을까? 그거랑은 별개로, 그냥 건조 마법이라고 생각하고 건조 마법을 쓴 뒤, 수납하는 거로…….』

『그렇군. 일반적인 마법이라면 그 정도는 가능하겠군.』

"……해냈어요! 이제 저희는 장작 업자로 먹고살 수 있어요! 운송비도 안 들고 건조에 드는 일수도 필요 없고 보관 창고도 없어도 되고. 급한 주문이 들어와도 즉시 대응 가능. 운송 거리에 구애받지 않으니 근처의 삼림자원이 고갈될 걱정도 없어요. 먼 곳에 있는 미개척 지대에서 조달하면 되니까요. 그리고 벌채는 마법으로 한방에……."

실험 결과를 보고 거친 콧바람을 뿜어대는 모니카. 하지만…….

"뭐, 목재업은 마지막 수단으로 할까요……."

"그러자고요……."

마르셀라와 올리아나의 반응이 뜨뜻미지근했다…….

＊　　＊

"……그래서 조금 전 일 말인데요."

오크 참살 현장에서 충분히 멀어지자 아이템 박스에서 의자와 테이블, 티 세트를 꺼낸 '원더 쓰리'.

들른 도시에서 이미 대형 텐트, 소형 텐트, 간이침대 등도 사서 수납해두었다. 이제 괜찮은 욕조를 발견하면 살 계획이었다.

적응력이 지나치게 높았다…….

"네, 역시 장작의 수분 함유량은 2할 정도가 적당한 것 같아요……."

"그거 말고요!"

진심인지 장난인지 알 수 없는 모니카의 대답에 발끈하는 마르셀라.

"아이스 커터의 위력 말이에요! 지금까지 화재 방지 때문에 불마법을 쓸 수 없는 숲속에서 몇 번이나 써온 마법이어서 위력은 잘 알고 있었는데, 왜 그렇게 된 건지……. 그걸 제대로 검증하지 않으면 무서워서 쓸 수가 없단 말이에요!"

당연하다.

동료를 구하려고 쏜 공격마법인데 적과 함께 동료의 몸까지 두 동강이 낸다면 웃지 못할 이야기다.

"마르셀라 씨의 마법 실력이 향상되었다거나?"

"아무리 향상되었다고 해도 신입이 갑자기 달인급 실력이 되는 게 말이 되나요?!"

과연 천하의 올리아나도 정보가 하나도 없는 상태에서는 올바른 답을 내놓을 수 없는 듯했다. ……아무리 현대 지구의 고성능 컴퓨터라도 그건 마찬가지겠지.

하지만 거기서 끝나지 않는 게 올리아나다.

"우선 마르셀라 씨가 다른 마법을 쭉 써보세요. 단, 최소한의 위력으로요. 다음으로 저희도 똑같이 시도할게요. 이렇게 해서 그때 일시적인 현상이었던 건지, 아니면 아이스 커터만 그런 건지, 마르셀라 씨만 그런 건지, 저희 셋이 똑같은 건지, 모든 인간과 모든 생물에 공통되는 건지 파악해나가는 거예요. 그 결과에 따라 다음 검증을 진행해봐요."

"역시 올리아나 씨!"

"역시 올리!"

"마르셀라 씨의 모든 마법이 엄청난 위력을 가지게 되었다는 것이 드러났습니다."

""…….""

"저희 세 사람 모두의, 모든 마법이 엄청난 위력을 가지게 되었다는 것이 드러났습니다."

"""……."""

"어쩌면 모든 인간, 아니, 모든 생물의 마법 위력이 급증했을 가능성이. 그렇다면 마물 스탬피드, 인간들의 전쟁, 기타 모든 일의 피해가 지금까지와는 비교할 수 없는 수준으로. 사소한 말다툼에 마을이, 도시가, 나라가 멸망할 수도……."

"으……."

"으?"

"""으아아아아악~~!!"""

『머리가 잘 돌아가네…….』

『너무 잘 돌아가서, 너무 생각하는 바람에 최악의 상황에 빠지잖아…….』

『보고 있으니 질리지 않는군.』

『어, 질리지 않아…….』

𝖼𝖼𝖼𝖼𝖼너무 재밌어서 죽을 것 같다아아!𝗝𝗝𝗝𝗝𝗝

『아, 아무도 모르게 살짝 조사해서 마법의 위력이 올라간 게 자신들뿐이라는 걸 깨달은 모양이야.』

『그럼 그냥 기뻐하면 될 텐데 왜 저 세 사람 모두 멍하니 서 있기만 한 거야?』

𝖼𝖼𝖼𝖼𝖼글쎄…….𝗝𝗝𝗝𝗝𝗝

『뭐, 우리가 딱히 특별한 뭔가를 해준 것도 아니고, 저 셋과의 동조성이 무척 높은, 선택받은 나노머신이 대량으로 붙어 있는 것일 뿐이니까. 당연히 아이템박스와 관련된 것뿐 아니라 일반적인 마법에도 반응하겠지만…… 그게 우리의 기본적인 임무니까 당연한 거지.』

𝖼𝖼𝖼𝖼𝖼맞아.𝗝𝗝𝗝𝗝𝗝

『그러니까 공격마법의 위력이 커진 것도…….』

𝖼𝖼𝖼𝖼𝖼맞아.𝗝𝗝𝗝𝗝𝗝

『몸을 지키기 위해 방어마법의 힘을 더 늘린 것도…….』

𝖼𝖼𝖼𝖼𝖼맞아.𝗝𝗝𝗝𝗝𝗝

『당연한 일이지…….』

𝖼𝖼𝖼𝖼𝖼물론!𝗝𝗝𝗝𝗝𝗝

* *

『아아아, 요즘 들어 이 녀석 꾸물거리고 움츠러들기만 해서 영 재미가 없네……』

『그러게. 처음에는 '세계를 내 손아귀에!' 같은 말을 해서 앞으로 즐거울 것 같았는데 말이야……』

『요즘에 즐거움을 주는 최고 기대주는 뭐니 뭐니 해도……』

『응, '원더 쓰리' 아가씨들이지……』

『마일 님보다 머리도 좋고,』

『인간들의 전쟁과 경제 구조를 바닥부터 확 뒤집어엎을 만한 생각을 잇달아서 해내고,』

『일부러 그걸 패스하고,』

『그러면서도 저지르고 마는……』

『ㅠㅠㅠㅠ그런 재미있는 장난감, 우리도 갖고 싶다고오오오오~~~!ㅠㅠㅠㅠ』

『나노넷의 실시간 방송에서 마일 님의 생중계를 제외하면 1위라고, '원더 쓰리' 아가씨들의 실시간 생중계 방송……』

『그것도 당연하지……』

『젠장, 처음에 이 녀석 담당이 됐을 때는 그렇게 기뻤건만, 설마 꽝이었다니……. 하지만 뭐, 다른 녀석들에 비하면 이것도 꽤 즐거운 편이니까 불평했다간 천벌 받으려나……』

고룡 지도자 바르틴에게 붙어 있는 나노머신들은 그렇게 말하며 깊은 한숨을 내쉬었다……

여러분, 오랜만입니다, FUNA예요.

『능균치』, 드디어 13권입니다! 그리고 무려 시리즈 합계 100만 부 돌파!

100만이에요, 밀리언이라고요, 밀리언셀러!

100만 부 돌파도, 그리고 다음 권이 계속 나오고 있는 것도, 만화화된 것도, 만화와 소설 모두 스핀오프 작품이 출판된 것도, 애니메이션화 된 것도 전부 지금까지 함께해주신 독자 여러분 덕분입니다. 정말 감사합니다!

······애니메이션 TV 방영은 끝나고 말았네요······.

축제가 끝난 후의 쓸쓸함이여······.

마일: 하지만 블루레이를 사면 모든 날이 방영일인걸요!

메비스: 맞아, 언제든지 우리와 함께 모험을 떠날 수 있다고!

폴린: 그렇고말고요, 몇 번이고 레나 씨의『그런 장면』을······.

레나: ······폴린, 너 무슨 장면을 떠올린 거야?!

폴린: 순간 캡처나 일시 정지로······.

레나: 시끄러워!

마일: 블루레이는 총 3장, 호화로운 특전까지 덤으로 절찬 발매 중이랍니다!

메비스: 마일, 그렇게 대놓고 스텔스 마케팅을…….

폴린: 괜찮아요, 하나도 숨긴 거 없으니까 『스텔스 마케팅』이 아니라고요!

레나: 특별 단편도 실려 있다는 것 같던데. 1권에는 『폭발적 탄생! 폭발할레나』, 2권에는 『원더 쓰리의 학원 대작전』, 3권에는 『최고를 향하여』, 『파워 업』, 『첫 공개』까지 세 작품이. 그리고 각각 덤으로 특전 영상과 특전 CD에 실린 음원까지…….

마일: 또 전 권 구매 특전으로 특별 단편도 있고, 점포마다 태피스트리, 브랑켓, 스테인리스 보틀, 기타 등등이…….

마, 메, 폴, 레: 안 살 이유가 없네!

네, 붉은 맹세 여러분, 홍보 감사합니다!

그리고 3월 12일에 발매된 능균치 스핀오프 코믹스 『저, 일상은 평균치로 해달라고 말했잖아요!』 2권도 잘 부탁드립니다!

등신이 살짝 작은, 귀여운 '일상의 마일 일행'의 왁자지껄 대소동을 즐겨주시길 바랄게요.

그나저나 일상에서의 마일은 왜 그렇게까지 어린 소녀와 고양이 귀에 집착하는 걸까요…….

레나: 맞아 맞아, 그러고 보니 우리 공식 가이드북이 나왔다며?

메비스: 캐릭터 설정 그림과 디자인, 애니메이션에서 주요 볼거리와 명대사, 성우님들의 인터뷰, 이 책을 위해 촬영했던 그라비아 사진, 아카타 이츠키 선생님이 그린 일러스트에 FUNA 씨의

특별 단편까지 수록된 호호판이래!

폴린: 특별 단편은 『원더 쓰리』가 처음 만났을 때 이야기라더라고요.

마일: 그거, 나중에 가치가 훌쩍 뛰어서 비싸게 팔린다거나…….

폴린: 아!

레나: 『아!』가 아니지, 『아!』가! 폴린, 너 설마 매점매석 할 생각은 아니겠지?"

마일: 여하튼 『저, 능력은 평균치로 해달라고 말했잖아요! 공식 가이드 북(NEKO MOOK)』, 3월 16일에 당당히 발매! 여러분, 잘 부탁드립니다!

이번 13권에서는 고룡과 또다시 싸우고, 작열하는 남자 켈빈이 재등장하고, 원더 쓰리와 재회, 불행한 모레나 왕녀와 '그 사람은 지금!'까지, 재회 시리즈였습니다.

……그리고 다음 권, 14권에서는 마침내 엘프 마을로!

짐승 귀 애호가인 마일, 엘프 귀에도 약할 것인가?

크레레이아 박사: 아앗, 저, 귀는 약한데요…….

마일: 그런 쪽으로 『약한 거』 말고요!

크레레이아 박사, 엘프 마을에서 드디어 인기의 이유가 밝혀집니다!

안타까운 종족(엘프)의 생태란!

　두 눈 크게 뜨고 기다리시길, 다음 권! 수수께끼가 수수께끼를 부른다!

　그리고 마지막으로 담당 편집자님, 일러스트레이터 아카타 이츠키 님, 책 디자이너 야마카미 요이치 님, 교정, 교열 및 인쇄, 제본, 유통, 서점 등에 종사하시는 관계자 여러분, 감상과 지적, 제안, 충고, 아이디어 등을 아낌없이 주시는 '소설가가 되자' 감상란의 여러분, 그리고 무엇보다도 이 작품을 읽어주신 여러분께 진심으로 감사드립니다.

　그럼 또 다음 권에서 만날 수 있다고 믿으며…….

FUNA

이번에는 메비스와
폴린의 일러스트가
적었기 때문에……
그리고 세일러복은
그냥 그려보고
싶어서!

아카타 이츠키

God bless me? Vol. 13
©2020 by Funa / Itsuki Akata
First published in Japan in 2020 by Funa / Itsuki Akata
Korean translation rights reserved by Somy Media, Inc.
Under the license from EARTH STAR Entertainment Co., Ltd. Tokyo JAPAN
Korean translation rights ⓒ 2020 by Somy Media, Inc.

저, 능력은 평균치로 해달라고 말했잖아요! 13

2020년 8월 8일 1판 1쇄 인쇄
2020년 8월 15일 1판 1쇄 발행

저   자 FUNA
일 러 스 트 아카타 이츠키
옮 긴 이 조민정
발 행 인 유재옥
본 부 장 조병권
담당편집자 조찬희
편 집 1팀 정영길 김민지 조찬희
편 집 2팀 김다솜 이본느
편 집 3팀 김혜주 곽혜민 오준영
라 이 츠 김슬비 한주원
디 지 털 박상섭 이성호 최서윤
물   류 허석용 허태욱
마 케 팅 우희선 이주희 한민지
디 자 인 디자인플러스
인쇄제작 코리아피앤피
발 행 처 ㈜소미미디어
등   록 제2015-000008호
주   소 서울시 마포구 토정로222, 403호 (신수동, 한국출판콘텐츠센터)
판   매 ㈜소미미디어
전   화 편집부 (070)4164-3962, 3963 기획실 (02)567-3388
              판매 및 마케팅 (070)4165-6888, Fax (02)322-7665

ISBN 979-11-6507-967-3 04830
ISBN 979-11-5710-478-9 (세트)